还乡

陈律诗选 2001—2019

陈律 著

山西出版传媒集团 北岳文艺出版社
BEIYUE LITERATURE & ART PUBLISHING HOUSE
·太原·

图书在版编目（CIP）数据

还乡：陈律诗选2001—2019 / 陈律著. — 太原：
北岳文艺出版社，2020.4
ISBN 978-7-5378-6154-0

Ⅰ. ① 还… Ⅱ. ① 陈… Ⅲ. ① 诗集－中国－当代
Ⅳ. ① I227

中国版本图书馆CIP数据核字（2020）第034361号

还乡：陈律诗选 2001—2019

陈律 ◎著

//

出品人
续小强

选题策划
刘文飞

责任编辑
刘文飞

书籍设计
张永文

印装监制
郭勇

出版发行：山西出版传媒集团 · 北岳文艺出版社
地址：山西省太原市并州南路57号　邮编：030012
电话：0351-5628696（发行部）　0351-5628688（总编室）
传真：0351-5628680
网址：http://www.bywy.com　E-mail：bywycbs@163.com
经销商：新华书店
印刷装订：山西人民印刷有限责任公司

开本：787mm × 1092mm　1/32
字数：219千字
印张：9.125
版次：2020年4月第1版
印次：2020年4月山西第1次印刷
书号：ISBN　978-7-5378-6154-0
定价：38.00元

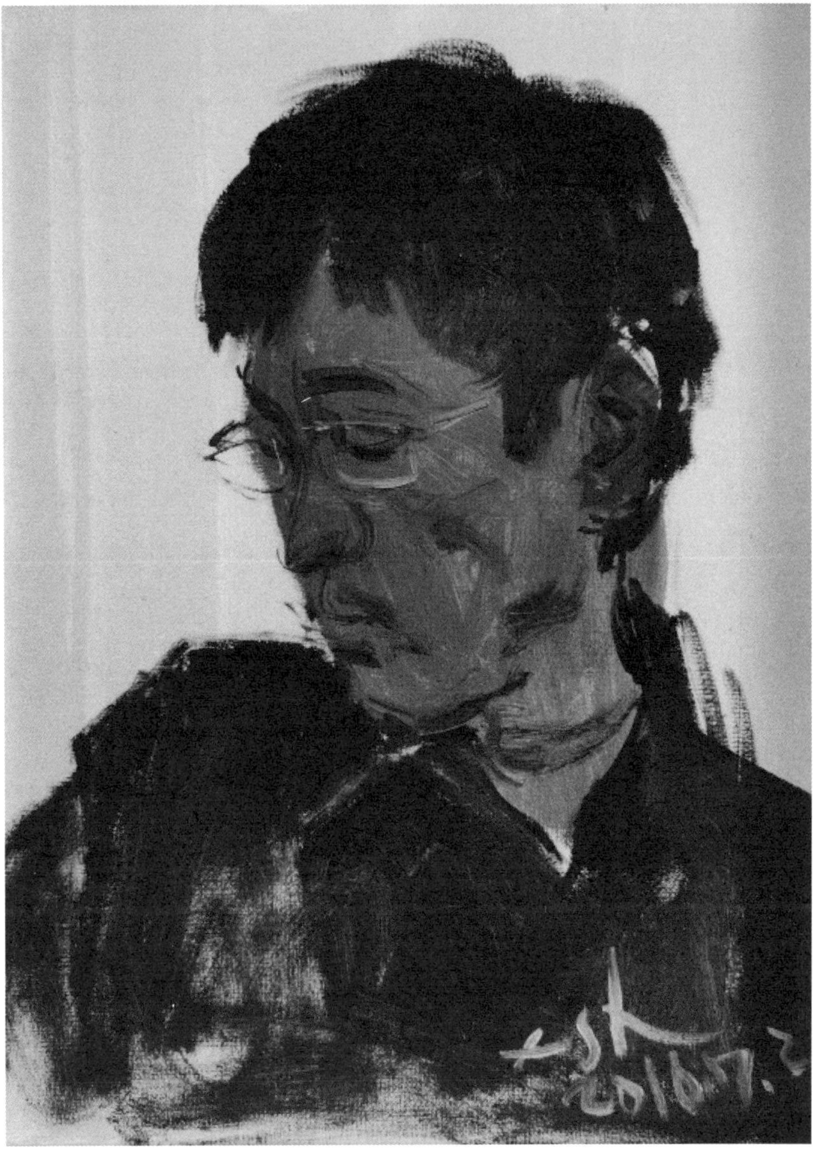

诗人肖像油画　作者：楼森华

自序

这本诗集收录的短诗写于二〇〇一年至二〇一九年，有相当多经过了不同时间段的修改，有些直到昨天才定稿。其中前十四首曾收录在我出版于二〇〇五年底的诗集《碎银》，此次重新出版，也做了修改，故可认为它们写于过去某一天，也是刚完成。（我之前发表在其他媒介的相关作品均应以此诗集为准。）之所以如此，是因为一直以来我对我的诗总抱着某种根深蒂固的怀疑。我总担心它们有一天会呈现出残酷的真相，从而突然终结我的写作——那时想要挽回已为时晚矣。为此应该竭力避免噩梦成真。并且，虽然写诗多年，又年届五十，有时我仍认为我只能处理一些最为简单、基本的日常经验和现代汉语。总的来说，写作时，我试图呈现、还原我的某次受到触动的日常经验以及对此经验的反省，也就是试图通过写作认识自己。如果做到了，这些诗应该呈现了一个暗淡、分裂、相对封闭的个体。这是它的当代性，也是它的局限。

另外，在这本诗集中，逐渐地，我努力想使语言抵近某种基本语言，使语言呈现诸种时间运动的中心和时间之外的寂静。尤其是在近来集中修改作品的过程中，我感到如果不能确切认识现代汉语独具的运动规律，只是想当然，或只套用欧洲语言、古汉语的规律，那么生成的意义必然偏颇，无法来到诗之为诗最终必然来到的意义的基础、意义之上的神秘——无、空，以及无限。简言之，相比更为自然、大地属性随年代以降日益增多且衰变的古汉语，现代汉语因为吸收了欧洲语言的某些语法结构和词汇，其语言形态首次具备了自身的理性——某种语言对语言的可能性和有限性的自觉。在这一维度上，其运动会以个体、个体对自身的反省为出发点，回归即便古汉语也遗忘已久的古老的生命树的运动——可把生命树理解为一根径直穿越了时间体系中全部各异的时间运动之中心，使它们彼此平衡从而是一个整体的轴，更是更古老的此运动对自身的超越，其尽头是星空之上的超越了全部时间的无限——某种未知的又是一切有限性生命其实最为熟悉的光明。

以此，我认为当代人类文明并未高于人类早期文明。事实上，文明自起源以来一直在必然坠落，而文明之所以是文明，在于不断回归文明的起源。惟此，超越这种起源和它全部的因果才是可能的。而我现阶段的诗仍受缚于自我的洞穴。希望通过追忆，自我最终结束自我。应该，这就是还乡。

2020 年 4 月 16 日　杭州

目录

001 城市临终的乐曲
002 水　仙
003 没有安全感的时候
004 末班车
005 我的心还没足够的力量静下来
006 读杜甫《逃难》
007 念　珠
008 他经常这样
009 前　世
011 芙蓉花
012 游　鱼
014 初秋·西泠桥观荷
015 古代中国的教父
017 柳浪闻莺的幻觉
018 桃　花
019 追　忆
——在单位所在“桃源春居”看雨
021 幻　象
022 月　季
023 不　安
024 落　花
025 春　柳
027 静　默
028 天　真
029 黑　暗
030 春　天
031 空　白
032 耗　尽
033 活　着
034 坑
035 虚　景
037 而爱会毁了我
038 你

039　中　秋
040　离　开
041　力　量
042　跟　唱
043　目　光
044　她
045　他和他的心
046　瓜奈里与《希伯来旋律》
047　小棋馆
048　偶　遇
050　三十多年后重看罗马尼亚影片《沸腾的生活》
051　花与黑暗
052　迷　茫
053　身　体
054　回　家
056　沉　默
057　留在那里
058　下雪日
059　首　选
060　重　逢
061　永　生
062　秘　密
063　天　赋
064　看影片《最后一个摩根战士》
065　路边小坐
066　诗的秘密
067　陪伴我黯淡人生的朋友
068　夏　花
069　一首失败的诗
070　想　起
071　启　蒙
072　与特朗斯特吕姆相反
073　再　见
074　忆　起
075　等　雪
076　魔山上的露珠
078　幻　觉
079　记得一切
080　直　至
081　桃　花
082　不　变
083　我孤独吗

084 梦
085 怎么办
086 真　实
087 游　泳
088 修昔底德
089 沉　睡
090 台　风
091 夏　夜
092 夜莺颂
094 从山里回來
096 爱的阅读
097 爱　人
098 活　着
099 没有看见
100 广　告
101 自　省
102 夜　景
103 雨
104 想　我
105 人性中没有纯诗
106 湖　上
107 是　否
108 傲　慢
109 胜　利
110 平　静
111 幸　福
112 窗　台
113 厌　倦
114 结　束
115 礼　物
116 新　生
118 出埃及
119 时间具有记忆，并且永在
120 沉　睡
121 听　见
122 歌　剧
123 可　能
124 延　续
125 偶　感
126 疯　马
127 等　待
128 水　晶
129 天　赋
130 希　望
131 纯　诗

132　唯一的浪漫主义
133　习　惯
134　告　诫
135　更深邃
136　怎么办?
137　诗的知识
138　偶　感
139　写诗的经济学原则
140　懒　人
141　无　题
142　关于被文学伤害
143　对近来的阅读及其作者的一点思考
145　如果明天
146　问　我
147　人类的命运永远只是少数几个人的命运
148　等　人
149　背　影
150　诗　人
151　欲　望
152　写　诗
153　相　遇
154　勉力吧
155　春天看树
156　春　天
157　我们这个时代
158　偶　感
159　自　省
160　黄　昏
161　西湖观鱼
162　命　运
163　意　识
165　戏剧性
166　最终，诗人没有阴影
167　有　感
168　承　认
169　《伊利亚特》
171　休　息
172　下　棋
173　玫　瑰
174　白茶花
175　冬　日
176　看　见
177　我的诗人
178　感　怀

179 最美好的死亡
180 回　忆
181 想起曼德施塔姆
182 野　马
183 知识树
184 事　情
185 毁　灭
186 那　人
187 美　学
188 《心经》
189 结　束
190 重要的
191 本　性
192 白色花环
193 节　日
194 何处，何时
195 明　天
196 写作的目的
197 餐　厅
198 无　常
199 星　空
200 冬　月
201 处　境
202 还　乡
203 金字塔
204 僧　侣
205 生　命
206 愚　蠢
207 夜观西湖
208 爱情现象学
209 苦　涩
210 意　象
211 得　救
212 体　力
213 为何，我要思考？
214 写　作
215 有　感
216 安　静
217 不会到来
218 《堕落史》
219 最高隐喻
220 靠　近
221 红　花
222 没有忘记
223 夏夜明亮的星空

224 反　向
225 秋　天
226 丹桂的末日
227 回来了
228 光
229 奥德修斯
230 黄　昏
231 前　进
232 宁　静
233 偶　感
234 新道路
235 开　始
236 情　绪
237 焦　虑
238 早春隐约的群星
239 唯一可能
240 轮　回
241 再
242 喘　息
243 意　义
244 邀　请
245 你一直是你?
246 诗因而是非人的
247 生命树
248 试图认识无限要么是疯狂，要么是愚蠢

249 **附　录**

城市临终的乐曲

雨中黄昏。
茂盛街边梧桐如盛大乐团，演奏绿色——
自然永恒蕴含。
古老英雄主义复活在街道、街道上空，
依稀想起前世欢乐。

决定性时刻。
当月亮——巨大升起，
一个红衣女人搀扶这座城市登上绞刑台。
噢，终点！终点的清新！
更盛大乐曲！

2001-09-28

水　仙

这株水仙，
是他垂死记忆中最安静。
陌生、熟悉的芬芳，
令他感到已是河这边魅影，
白色蓓蕾、花朵，
构筑简约天堂。

被寒光照耀，
他的眼已看不到星球，
也忘了该写铭文，
歌颂自己在人间的壮丽。
他徒劳挣扎，
欲阻止长出洁白根须，
虚无的身体，
仍幸福变形。
但愿，这就是死亡。

2002-01-06

没有安全感的时候

没有安全感的时候，你不愿看人眼睛，
总是低下头，像一个男孩，回到床上。
淡蓝色被子安慰你，
让你想去晨泳，或裸体走向一颗苍白的星。

或者，你，一个三十二岁男人，
吸着烟，来到一家小店。
那里，如果夏天，
一个年轻女人替你脱去你总穿的红汗衫，
露出胸前一枚孤单的玉，
会抚摸你漂亮的身体，
解开扣子，让你目睹青春。
让你抚摸，轻轻抚摸，
安慰你，一直安慰你。
黑暗中紧紧拥抱的两人，好像兄妹。
直到你的眸子重新亮起来，
觉得忧伤如此美好，
生活虽然完蛋了，紫色欲望仍在开花。
应该对她说：“谢谢。”
对生活说：“谢谢你，生活。”

2002-08-20

末班车

一上车，就看见了你——
一个穿白毛衣的女孩。
低垂眼神像内敛的圆，抵御着疲倦。
我坐在了后排，
和你一样，紧挨窗子，
车又继续在午夜水底潜行。

可以感到昏暗灯光下，你轻柔呼吸。
（你起伏的肺一定红润、小巧。）
温暖的雾凝在窗上，遮去外面那些废墟，
空荡车厢里，只有我的凝视。

一路上，你只给了我背影，
直到站起来，摇晃着走向车门，
像一朵坠地白花，消失于黑暗，
始终不曾回头。

再见了，已深深刻在我忧郁记忆的奇迹。

2002-12-12

我的心还没足够的力量静下来

我的心还没足够的力量静下来。
虽然，幻象中，总会出现一个水晶器皿，
当我念诵观音咒语，就放射强烈光芒，
有时，当我念诵，也消失。

它，还做不到“永远的供养”——
也就是“时刻思念”。
太难了，这样的凝视，
这样的福报还要等待。

真的，它还静不下来——
无法像一个伟大运动员，调伏呼吸，
来到心的每个宇宙，
来到，不再是心……

曾经，一个星期天黄昏，
疲惫的它见到一个卖花女孩。
花香和纯真得近乎无辜的笑容，
让我差点想起全部缘起。

2002-12-24

读杜甫《逃难》

平淡无奇的夜晚，
读杜甫《逃难》。
虽非他最好的诗，
仍透着温柔敦厚的美。

“疏布缠枯骨，奔走苦不暖。”
——多么单纯、传神，
苦难凝聚又解放了他的语言。
五十岁，混成这个样子，
我喜欢他的哀鸣。

他不幸的生活打动了
一个脆弱，需要寄生的灵魂。
不禁，我吻了这首诗。
尽管，失去故国后，
诗只是无用的慰藉，
他只是一个在冷漠的湘江边
恸哭的缺乏安全感的男人。
尽管，他的妻儿也在恸哭。

2002-12-28

念　珠

三个月了，我的右手腕戴着这串念珠。
（以前，它总脱落。）
一根红绳串着的十九粒菩提子，
让我的手开灯，显得美丽，
爱抚女人，有些孤独。

虽然，我常忘记它，
忘记手腕血管略微的紧张，
但很好，就让这样的遗忘也成为记忆一部分，
就让我们神秘相遇。
尤其冬天，当它被蓝毛衣遮掩，
像遥远银河，悄悄来到我的心。

2003-01-25

他经常这样

一夜没睡。
当晨光进入黯淡瞳孔，
他想写诗安慰自己，
写首平静的，
耗尽最后一点体力的诗。

他经常这样，经常这样迎接黎明。
纵情欲望后，心会失落。

于是，开始写诗，
感到一丝愉悦，
逐渐忘了刚逝去的夜，
或，觉得它有意义。

2004-05-31

前　世

“你的前世是一个书生。”
昨天，想起朋友说的，他陷入沉思……
不由想起《吸血鬼》——这首花了一年多写的诗。
写一个书生死后成了吸血鬼，
因为吸了心爱女人的血，堕入地狱。
因为灵魂和灵魂中的汉语，第一次艰难抵达古代，
他觉得这首诗很美，从心底里爱它，
让他想起去年写它的日子。
那些日子，他没工作，可以一两天写一个句子。

“但，这只是去年，不是我的前世，
只有罗汉才知道自己前世。
我，没有天眼，没有禅定，
观音的柳枝也很久没滴下甘露，清凉我昏沉的头，
意志薄弱者只能看见一缕薄雾……”

“我的前世，可能是一个书生，
西湖一枝残败的荷花，一条白蛇，
可能是一个妓女，一个被斩首的逃兵，

也可能，是一只秦观为它写词的暮色中的杜鹃，
一个西湖岸柳下看雨的僧人，
一位天神的新娘，
也有可能，是吸血鬼……”

他想了很久，如此专注，
像荒野蟾蜍凝看苔藓上朝露，
深海，一条忧伤地游向落日的鲸……

2004-11-29

芙蓉花

立在秋雨的岩间，
于湖边，开出红花。
一朵，三天前，
一朵，刚绽开，
三天前的，还未凋谢……

颤动中，寂静，
不断增添、失落一粒种子。
一只白鹭低低飞过，
留下雾痕。
让我想起盛年的王维，
曾为这些花写下绝句。

2005-03-24

游　鱼

在莲叶、岸石边吐着泡儿，
又，涟漪不起地荡开……
这些细瘦“白鲦儿”，
也许是西湖最悠然的活物。

经常，它们一动不动，
像几枚寂静，折射阳光的银针，
或聚在湖面，根须纤直的浮萍，
唯鳃随细小涡流，微微翕合。
一个总爱四处闲逛的家族，
懂得如何得到水中新鲜的氧。

与虾儿、螺蛳、青鱼、鲤鱼……
细雨一起，一辈子待在西湖。
春天，湖水青色薄被下，
银子般闪光的精、卵，喜相逢。
当点点细鳞翻腾起——
略带寒意的色情，
早熟的它们，是烟波中芭蕾明星。

游荡着，三三两两，
出没在苏堤、湖心亭、儿时我住的湖滨……
愿西湖的原力，永在薄如柳叶的湖面、深处，
散播一枚枚自由的圆和圆心。

注："白鲦儿"是一种生活在西湖的小型鱼的本地俗称。

2005-07-14

初秋·西泠桥观荷

翻卷着，唯挺出湖面的叶，
风中翻卷，
琉璃般，冷冷之绿，
才似初秋，阴气渐盛的骨髓。

一一，聚在一起，
铺散开来的纤影，平衡着天。
褪色的红白花朵，
依旧摇篮般安详。
举止间，当寒涩体香，
又独自上岸，
更愿斜向湖心的茎，
仍撑着冷宫般莲蓬。
波荡之上，寂寥琴谱，
似鬼魂来生经络，
暮色细雨中，
更似一具浮出湖面，
容颜不朽的女尸。
噢，边上，苏小小黯淡坟亭。

2005-09-21

古代中国的教父

乡村，诞生《水浒》，
贫穷散发呐喊青气。
愤怒的，被摁在墙角的干柴，
渴望像暴雨前兴奋的燕子，
反抗蒙汗药的黑暗。

梦遗的正午，炼制长生丹。
宝物，早入迷踪。
当一朵朵不羁赤霞，
汇集在北方焦渴山野，
聚义的朴刀，要劫人主生辰纲。

噢，野猪金色咆哮！
松林黑色旋风，放翻道君黄牛。
既然，丰沛的生命不屑碎银般闪光，
一壶自酿浊酒，欲和甘雨结盟。

来了，三三两两，
在另一个地点——悲剧的驿站，

亡命星宿，清凉出发，
来到乡村集体无意识的水泊。

用放火慰藉狂欢的美学，
反抗，只是率真借口。

疾雨中，嗜血的白日梦，波澜缥缈，
似轮回不甘于轮回。

为了安慰无梦的人民，
上天派遣了这些生活的快乐代表、忧伤代表。

2005-10-18

柳浪闻莺的幻觉

下班了，
我，一个阴郁、前倾的身体，
骑车无声疾行，
是大街上人群低垂眼神。
出了清波门，我来到南山路——
三岔口晦冥底部，
我愚钝的生命无数回经过的柳浪闻莺。

那一刻，垂柳掩映的门开了，
青色拱顶，黄莺卷舌啼鸣。
停下来的我，恍惚看到湖边，
你——伟大的白蛇，于暮色中昂起头，
追忆古老、遭天谴的爱情……

2005-12-19

桃　花

环湖都能见到。
和风中，多瓣的阴气，
粉红、素白，
浸透宿雨。
清寂间，当与对岸青山相望，
斜在水面枝丛，
更映上一蓬垂柳。
新叶间，姐妹们牵着手，
绽放各自明媚，
羡慕几叶远去的艇。
微凉的蕊，只能于匆匆清明，
隔着春水，勃发爱与思乡。

2006-04-05

追忆

——在单位所在“桃源春居”看雨

春雨已过午后。
小区里一块块遮阳板，放大密集雨声。
聆听这巨大、宁静的噪声，
时而叠加，时而抵消的自语，
似漫游在一个个洞穴。

走去用作办公的阴暗车库，
我，一个穷人，穿过小区广场，
雨声中唯一开阔地带——
管道纵横的中心、边境……
这里，雨声总是旋转着，猛然减弱，
似，被拽入黑洞，或随雨水流入下水道。
这时，看见一个年轻女人在路边采桑。
彩虹般升起的手臂，
轻盈得，没一点热量，无需一点支撑，
轻盈得……只是升起。
必定，那些纯洁、饥饿的蚕，
吐出寂静、绵长的丝，监禁自己生命，
主动死于春天的蚕，是她的宠物。

终于，春雨空虚丛生的脉搏深处，
她望着我，
似“无声”本身。
无声深处一点光明、黑暗，
无声，望着无声。
似无声说：“你要爱我。”
但……只一瞬间，
就关闭了！
结束了采摘！
转身离开广场。

雨中，我不由自主跟随着，
直到她进了一幢楼。
燃烧着疾雨般热情的我，
失魂地来到公厕，掏出阴茎……
此刻，我发誓听见另一种水声，
一束来自膀胱，而非天上，
清澈的去除了全部谜底的水花，
正在绽放，不顾一切绽放！
升起在天地，让天地消失！

2006-06-01

幻 象

玫瑰，还是月季？
墙角，三枝桃红花朵静立。
一只甲虫沿茎着地，
青色的背，星星点点。
呵，为何，它要拜访我——
一只僵冷白蝶，
在玫瑰，或月季花下？
为何，圆形的它，泛着微苦？
但愿，这抖动触须，
缓缓前来的灵魂，不会成为花下水渍，
不会对我说：
“别怕，我们只是幻象。”

2006–10–12

月　季

——献给卡瓦菲斯

纯洁得只爱过去，
只爱彷佛自己年轻时的青年。
你，一位活着已死去的诗人，
一把希腊的早毁于时间的琴，
活着，只是为了淡淡回忆，
用仅存的一根弦喃喃低语——
“……放了花圈，
可爱的白花，非常适合
他的美，他的二十二岁。”
当时间彻底征服了你，
祖先寂静的音乐，在你寂静的语言显形。

记得，多年前一个还活着的下午，
我想象着来到你坟前，献上几朵月季。
那时，我还年轻，犯了一些错，
意识到已永远无法挽回。

注：本诗引号中诗句引自卡瓦菲斯《可爱的白花》，黄灿然译。

2006-10-15

不　安

几天来，我总感到不安
像又回到年轻时
对命运，对是否会一事无成忧心忡忡
这让我更依赖那片阴影
那片阴影，是我的诗、纤美的诗
它总从我心头升起，笼罩我心头
像缥缈水汽，笼罩湖泊、群山
但有时，它更像毒品
用完我的生命
就随意扔掉

2006-10-31

落　花

开了几日，
你，落花，
唯如此落地，
才分泌更多黏丝——
简笔的魂，
老兔载回月窟，
制成催情灵药，
在初升夜空，
微凉绝句里唯美。

应该，穿越空山、云楼的你，
已无觉。
一只雄壮螳螂，
因你照耀，
全身，渗出玉。
绿臂，蹂躏，
你卧在苔衣的娇躯。

2006-11-26

春　柳

——赠木朵

一束束，微弯着，
从母枝垂落。
新生的拱，自天，
接近地面，
平静，先前平静。
那些——腺、芽，
凸、胀，繁裂，
泌吐，卷曲的维，
朵、朵朵、朵朵朵……
细微，着，浩瀚。

风吹来，密排的一列，
往里，平移，
与不动的另一列重合，
又，无须记忆地返回。
似“什么都没改变”，
才是更古老动力。

那——时，细孔遍布的青色，

撑开一个个轮廓，
爱上迎面自身阻力。
更起伏地——归来。
……“着”……

2007-04-09

静　默

从迷恋语言的花，
来到咀嚼语言的茎、根。
渐渐，他成了一个离群索居者，
爱读古书，想回到语言底层——
那无须记忆的，那坑。
一具新的尸体躺下，
属于诗而非散文的简朴，
是断裂管道。
最终，语言与泥石是一个系统。

他不再感到风，
亦无蝶蛹般，制造地震。
永远，静默的，多于发现。

2007-05-06

天　真

刚回来几天，明天，又要离家，
这全是为了生计。
他有些悲伤，因为人近中年，
生活仍没安定，
仍像年轻时，无法解决。

为了平静下来，他想起在家这几天。
这几天，读了色诺芬《长征记》。
古希腊人寂静、壮阔的撤退，
被一个古希腊人——这支军队的首领，
用更寂静的语言记录，永不遗忘，
使得敏感于语言的他，
对命运又有了信心，
看上去仍年轻的脸有了光。
此时，房间没有镜子，
否则他会看到，又拿起那本书的，
致命的专注与天真。

2007-05-06

黑　暗

梦见在一个泳池游泳。
水，让他感到很孤独，
像刑具禁锢他的心，
传说中永恒的水牢……

于是，不到黎明，他醒来了。
窗外，正在下雨，
雨中竹叶，抚慰黑暗中的他，
就这么抚慰着，
直至，他成了黑暗。

2007-07-10

春 天

分泌天界更高等级的青绿。
拱，未来世界的拱，
隔着真挚薄雾，演奏更轻逸乐曲。
拱顶下，劳动后的仙女，
淌汗的身子像泉眼。
一艘雷霆般原始的船膨胀着，
准备劫走她们乳晕粉红的孤寂。

2007-07-16

空　白

现在，他活着，
没了从前的耗费、紊乱，
生活甚至出现一些空白。
这些空白，像白花，
像一些短暂的空无，
让他接着忘记，
甚至，忘记美。

2007-08-08

耗　尽

“……唯耗尽才能平静。”他得出结论，
“像竹叶落在湖上，在另一个平面呈现。”
这让他想起，他更爱的平静，是一只死蝉。
夏天，他从湖里捞起它，
死亡似没改变它的身体。

“或许，天堂、地狱的火最终也会熄灭。”

2007-08-31

活　着

试着放弃幻象，直接在睡中唱。
完美的声音让他，一个穷人，
觉得饿，早晨起来吃了包子，
里面有很多近来疯狂涨价的肉。
他已记不清唱了什么，
比起此刻这种胃的幸福，
放弃幻象，直接在睡中唱已不重要。
因为活着，就是诗。

2007-09-10

坑

他发觉来到坑底。
坑底，平坦、无物，
静的，似已屏蔽，
似桃花源。
他抬头望更远的天，
微小赤阳，似丹，似幻，
一架电子侦察机来自天界。
有点冷的他感到，
坑应该已被发现，
雷达上的他是野狗。

2007-09-27

虚 景

水声暴力，似牢者欲逃出天地，
湖边林地，蜻蜓却被寂静折磨。

不满只发现这些旋即被更寂静的远方，
削弱的“对立、平行”，

他划船进入悄然敞开的黄昏，
感到往昔就汇集于此的。

一直，这里简单，没有玄虚，
仿佛此地虽是园林却仍原始。

此时，唯拱桥一座才稍稍勾勒敏感、羞怯的轮廓。
必须穿过它，水面才开阔，

看见全部的同心圆的天空。
波荡间，折页的书坠湖，在湖面微涨、展平。

距湖面一米、更浅、更深，鱼群尾随他，

如果它们有思想，会觉得他是大鱼，去对岸产卵。

这个典型，这个在相对中，
不得不更具体、有形的集合，远比他对背景敏感，

清白无辜的它们为此常常喧哗、骚动。
如此，岸上、天空、湖面、水中，

各种物，充满且生动，
甚至折页上更自我、异化的……

哦，物，秀着自己，每个与真都似乎无异，
仿佛，无须从仙界舶来青色、无瑕的节庆。

追问中，如若它们真欲改变，
尤其蜻蜓学会在飞行中一无所想，

稍稍，融解于寂静，
转变生成了——

一个货郎从靠岸船上挑担下来，身形朦胧。
据后来对他所在、所言的分析，

黄昏，你们唯一可与之交换的，
是告诉他更多通往虚景的土路。

2007-10-11

而爱会毁了我

这些天，每天都读色情小说，
每天……都很疲倦。
这是因为他有巨大的忧伤。
他深深觉得，唯欲望给他安慰，
“而爱会毁了我”。

2008-06-26

你

谁变了？
如此久之后，
谁又离开你？
而你，除了你，
应无须感受，
无须别的参照。
应如此分别，
应平静。
噢，你是你。
即便如此，
路途仍遥远，
一切皆命运。
你是谁？

2008-09-10

中　秋

在，就在这里。
美就是大，就是升起。
体积，纯澈的黄，这涟漪，
等着我号叫——
为天地间最晶莹的孤寂。
那么，这是旧情、新事，
抑或，幽宇的不死根茎抵近地球的
一束光明？
无论来到、舒展、意识尽，
温润的你，烫贴单薄身躯。
哦，在，于是分泌，
今夜，你天真如童年宇宙。
应该，我最爱你进化的重，
飞上你额头的彩蝶，
则赞叹历劫恒美的生命。

注：“美就是大。”为拿破仑语。

2008-09-14

离　开

快睡了，可以不再想死亡。
好像死亡从未存在，
虽然很多时候静候它到来。
噢，世界，此刻想起来，
你是一个骗子，
一颗高贵的心却从未战胜过你。
事实上，它搏动着，
只是为了离开。

2008-12-10

力 量

在。除了在，此地没别的。
偶尔，一只海鸥来到这里，
无畏地盘旋。呼出的气流，
与扇动的气流一点点创造。
创造什么？除了爱的一切，
除了爱的生与死。多年后，
它磨灭的尸骨会更深回来，
赞叹自己年轻时候的勇气。

2008-12-22

跟　唱

那是一个慢调的女声独唱，
歌词从头到尾只有一个“啊”。
每次听到这歌，我都很伤感，
觉得人生已经毁了。
有时，我会随着这个女声，
大声“啊、啊”地唱，
有时流泪，有时不会。

2009-01-13

目　光

大堂里，一对天神般的年轻恋人久久亲吻着，
偶尔分开唇，只是为了更漫长贴紧。
我静静看着，觉得自己太老了，太老了，
只能用目光无限靠近，无限远离。

2009-01-20

她

等着被她带走。

一个清晨，她来了。

我的肉体不再甜蜜，我的生命不再是生命。

但她不知情，以为我爱她。

轻轻地，她说：“永远，我不会弃你而去。”

2009-01-22

他和他的心

一直，只有他的心支持他。
他的心，和平、羞涩，
爱孤独胜于爱吸氧，
却鼓励他成为战士。
然而，与谁战斗？怎样才能胜利？
心并未告诉，也不关心。
所以，有时，他把心掏出来，
捧在手上静静看。
看它凹凸着，在时光中。
纯洁的两位并不知道自己多雄浑。

2009-02-12

瓜奈里与《希伯来旋律》

近来他不再忧伤了，
因为又能挣钱养活自己。
就这么简单，没有忧伤就这么简单。
只是，在听这把瓜奈里演奏的《希伯来旋律》时，
他又暂时却永远地回来，
意识到，已不可能离开这歌。

注：瓜奈里系列小提琴由十七世纪意大利瓜奈里家族制作。我听到的这首用的是一把叫“耶稣”的瓜奈里。《希伯来旋律》为犹太作曲家、小提琴家约瑟夫·阿科隆的作品。

2009-05-02

小棋馆

傍晚，坐在冷清小棋馆，
他在等人，又没等。
黯然的他，多年前就来这儿，
只有去年那些爱的日子没来。
如果明天还能来，他觉得是幸福。
静静地，看着街，
他被光晃了一下，
那是冬青呵，街边黯淡的冬青。

2009-05-31

偶　遇

这是一间服装店，
是他的朋友，一位容颜尚好的女性开的。
这天晚上，他来这儿，拜访女主人，
见到一位比他小二十岁的女孩。
她的面孔让他想起第一位女友。
可最让他爱的，还是她的身体——
挺拔的纤腰、少见的翘臀、微开的八字脚，
听女主人说，她学过舞蹈。
他尤其迷恋她在镜前试穿一双白色平跟皮鞋。
他坐下来，想好好看她，听她说话。
她和女主人，还有一位刚来店里的，
他熟识的妇人坐在不远的桌前说话。
她们聊起孩子（她是一位幼儿园老师），
她提起“很花”的父亲，
与父亲离婚，放高利贷赚了很多钱，
因而对再婚顾虑重重的母亲。
聊到她想开店，
卖一种不那么甜的比利时巧克力。
像往常，他对她的一切都挺感兴趣，

试着跟她搭讪，

可每次，都被女主人和那位妇人迅速阻止了。

渐渐，这个女孩对他的些许好感，

粉碎在两位堤坝般的女性前。

扫兴的他站起来，

向她们亲切道别，

心想，一定得跟她单独说话，

必须撇开那两位和她相比，

心智其实与他更契合些的美丽中年女人。

2009-09-26

三十多年后重看罗马尼亚影片《沸腾的生活》

这是我童年看的片子。
片尾，一个脸孔总在阴影中，
非常英俊的男人，
独自在海边骑马。
音乐，海鸥般盘旋、尖叫。
这个男人，这匹马，还有大海，
这种无语、自由，
是我一生情感追求的原型。

2009–09–27

花与黑暗

他常买花。

七天前，买了一束蓝色雏菊。

应该，这束纤细的花，

有不为人知的光，

比他更安静。

他尤其喜欢和它沉浸于房间的黑暗，

共同度过一些微温的日子。

2009-10-17

迷　茫

持续改一首诗。
慢慢，简淡的句子，
像金属。
这让他迷茫。
“这首诗，
本该是春天一枝快凋落的月季。”

2009-10-25

身 体

我的孤独是身体的。
越来越，我感到。
我的身体，想拥抱一个身体，
想爱一个，越来越强烈。

比我的灵魂敏感、脆弱。
房间里，它黯淡着，
清醒又幻觉，
恒久地等，过于自恋。
如此，睡吧，
微薄的体温，
请忘掉自己。

2010-03-13

回　家

——回福建南安水头老家有感

迟钝，然而命定地回来。
四十岁，根本情感才打开。
当笨拙的我登上祖屋陡直木梯，
见到柳下端坐的曾祖，
我敬畏画像中这付古老、纤奇的骨骼。
瞳仁之光，命定着仙与自然。
别于他的子裔觉得善是过于自觉的选择，
这太初柔弱的青气，不曾离家、告别，
目睹者曰：“有德。”
是的，善的反面必定亦是善，
如此，善，才是善，
善，是最好的自然。
而这正是我的元气最初的眼，命运最初的血。
我，来自这里，既然活着回来，就不会死。
还有，我的早奶奶——如同地母，大地般威严。
下垂的眼，望着子孙，
思索着，忧虑且勇敢。
我爱她宽厚、骄傲的下巴，
如同五岳，安忍地托起我——人间一位诗人。

我想，我会继承她的慈悲、正大。
或许，正是从她那里，我明白了杜甫。
是的，为何杜甫是大地，不是母亲？
杜甫，伟大的诗歌母亲，然后才是父亲。
还有，我的爷爷——一位乡村医生，
眸子，草药般和合，其中有精，
厅堂悬满感激的匾额。
哦，来自水头的性灵必定善，
必定救人，黑白分明，
明白治愈肉体，即治愈心，
且有祖屋旁，海潮庵观音保佑。
这不动的三位一体，迟来然而命定的目睹，
意味我的人生有一次循环要发动，
我的现在、未来已被祖宗保佑，
而亲情正是善的护法。
这人间的根本爱，岩茶般发酵、烘焙，
与我敬奉的香火一同穿过柳枝，
青天、朗月下现身。
如此真有、妙韵，值得赞叹连连，
真正不可思议。

2010-05-04

沉　默

只有圣人和野兽才能忍受孤独
但诗人既是圣人也是野兽

但此时，他只是野兽
并非野兽般孤独
而是野兽般沉默

2010-08-11

留在那里

终于，接受了永无宁日的生活。

“也许，永无宁日的生活是一束花，

而我可以是一滴露珠，以圆的晶莹留在那里。”

2010-10-03

下雪日

躺在昏暗房间，
床头，一盆水仙、一朵茶花，
陪伴他。
黄昏后，他起来了，
目睹积雪之上呼唤他的，
不可摧毁的月亮。

2010-12-16

首　选

因为无法克服的不安全感，
他想把诗写得坚实。
坚实的诗，是他漫长考量后对诗的首选。
他所爱的简洁就是为了坚实——
用不安全制造安全，乃至永恒，
用黯淡制造不仅是光。

是的，坚实必定沉默，
意义若为意义，必以此为句法。
事实上，此种简朴装置，
偶尔可以感知无限。

2010-12-24

重　逢

春天，玉兰花盛开的林荫道上，
我遇见一个男孩。
分别时，他说："别难过，诗人，
我们会重逢，不在天堂，就在地狱。"

2011-03-16

永　生

像暴雨，我来到海滩，
比海洋辽阔的黑色挽留我。
我知道，我会死于此。
这是我的永生。

2011-04-03

秘　密

大地上，你为一次刚结束的诗的战役戴上花冠，
坚信这次灵魂的行动抵近了时间之上的无限。
那时，你刚从埃及回来，
告诉我，它的世界是平的。
这是金字塔、金字塔之上，
矗立在那里的秘密。

2011-04-10

天　赋

很多夜晚，我就这么坐着，
不是任何人的朋友。
这并非因为孤独，
而是傲慢——
这魔鬼的天赋。

2011-04-11

看影片《最后一个摩根战士》

“它使得消亡就像诞生……”

“而万物的本质永是自然殿堂上的神，

隐匿之际仍保持起源般崇高的行动。”

2011-04-20

路边小坐

中午，半道上，
我看见银杏树下一条石椅。
此时俨然已夏天，
唯风带凉意。
坐下来的我，听银杏鼓荡，
隐忧的心休息了会儿，
只是，仅仅一会儿就起来了。
因为一切还远未结束，
我必须站起来继续往前走。

2011-04-28

诗的秘密

大雪夜，我遇到一个醉酒乞丐，
告诉我他是杜甫转世。
整晚，我们在桥下烤火、喝酒、论诗，
最终，他说了诗的秘密——
泰山易老，诗永远年轻！

2011-05-13

陪伴我黯淡人生的朋友

很多时候，我的诗里有阴郁。

虽然，我并不属于它，

可也不会和它再见。

因为多年来，它一直是陪伴我黯淡人生的朋友。

2011-05-25

夏　花

经常，我梦见空无的宇宙，
缘由并不知晓。
这天，沿着已来到的夏夜，
在湖边摘落一朵花，
终于明白。

2011-05-26

一首失败的诗

很多时候，你耐心解决一首诗的缺陷，
终于，只剩最后一个。
但这最后一个那么难以消除，
以至你意识到，
这个缺陷是这首诗的全部。
之前那些问题并没解决，而是归结于此。
于是，你感到这是一首失败的诗，
“就像我的人生。”

2011-06-02

想　起

黄金般沉寂的下午，
离开仍然真水流溢的你，
裸体的我，来到窗台。
当一只鸕鹚飞来凉棚，
带来太多太多……雨水，
不禁忆起久远——
一个更沉寂的下午，
焦渴的我，
深情凝视彼时仙女的你。
彼时，静石之上，
天庭简朴，
紫竹几杆摇曳，
一切皆圆心和圆。
我们如此太上、美丽，
因爱得定。

2011-06-11

启 蒙

什么是我人生的启蒙？
美，发生在十九岁，
爱，发生在四十二岁，
可都非决定性。
决定性的，是十八岁时读了托尔斯泰。
借由高贵的安德烈公爵、彼埃尔伯爵，
我学会了反省——
反省自我，反省一切，
反省这反省。

2011-09-28

与特朗斯特吕姆相反

每天我都得写一点，

每天，我都陷入母鸡生蛋般的恍惚。

是的，我非卓越的匠人，

我只是在繁殖，拼命繁殖。

2011-11-01

再　见

出门来到雨深处，

渐渐，你听不见了。

清晨未至，

只有一棵春柳，

对你——

一个出轮回的诗人说：“再见。”

2011-11-13

忆　起

冬夜，落雪南山路上，
醉酒的我口渴难忍。
在拉开出租车门一刻，
忆起往昔久远时光——
被斩首前，啜饮的一滴光明、芬芳的水珠。

2012-01-07

等 雪

整个冬天，我都在等雪
觉得雪会告诉我什么是诗
可雪没落下

什么是诗
我问自己

是否，夜莺沉默才是

2012-02-03

魔山上的露珠

当我历经艰辛，来到这座传说中的魔山，
我看见了你，魔山上露珠一颗。
你那么晶莹地看着我，
像宇宙最明亮眼睛，
那么充满爱的孤独，
爱魔山上所有植物、野兽，
爱刚登上魔山的我。
哦，为何，你这明眸会在这里，不在天堂？
为何，你扎根宇宙底部？
因为你，我感到黑暗非我原来所想，
魔山自有深意，自有使命。
残骸的我，于是沉浸在你赦免的曙光。
哦，这是奇迹呀，亦是秘密，
心头因你也凝聚一颗高歌的露珠。
哦，魔山，广大、连绵的魔山，
所有赤子都来过这里，
所有赤子爱你峻岭之上的神秘，
唯当我目睹，你雄浑的露珠才微颤。
你这永恒清新的真呵，

祈请你就这样永恒看我，
尤其当我满身疲惫一路跋涉而来。
你当知道，独自来到魔山的我，
有多勇敢，又有多黑暗。
你要爱这黑暗的心和身体，
爱我这样一个孤独的人。
因为你的爱，因为爱你，我将永生，
我的所有黑暗不再是黑暗。
唯当黑暗深不可测，才凝聚露珠一颗。
那都是因为你，温柔地扎根于魔山的。
哦，温柔者！
正是你召唤了我，让我来此泪流满面。
如今，这天地间最真挚就在山巅。
我知道，终有一天，魔山会消失，
因为你——露珠一颗。

2012-02-24

幻　觉

坐在这里，不知还有什么歌可唱。
我爱所有人，又与所有人远离，
直到一个金色午后，你推门进来，
那么直接走进我的心。

2012-03-22

记得一切

那天，你和我来到湖心，
一路上谁都没有说话，
沉闷的船桨仿佛知道了我们的命运。
这让我想起多年前，
也在一个春天湖上，
你说："记得，我记得一切。"

2012-03-29

直　至

夜空散发爱的腥味，似我曾是的海洋
那儿，玫瑰相拥，是魔鬼沉睡
直至，曙光洞穿这些完美

2012-04-19

桃　花

清晨，来到湖边，
寂静桃花，
让他感到，
“我的诗才刚熟……
还不够优雅。”

2012-04-21

不 变

灯前，你想写诗，
把美好的白天镌刻。
你就这么沉浸着，
酝酿几个简朴的句子，
既然你已如此不变。

2012-04-29

我孤独吗

有时，我并不孤独。
作为一个爱智慧者，
我已知道智慧是复数，又是一。
上帝是一，又是复数。
爱，亦是。

爱是（我们的）智慧。

2012-05-06

梦

就在刚才，我梦见学习了全部文明，
来到大海游泳，
像一只年轻、欢乐的海龟背着星空，
从此岸前往彼岸，从彼岸来到此岸……

2012-05-23

怎么办

怎么办？爱上一棵青松，
我荒凉的语言是它唯一的朋友。
在这疾风暴雨的夏日午后，
我们疯疯癫癫的英雄之心呵，
究竟该怎么办？

2012-06-02

真　实

傍晚，回到家，坐了许久
慢慢闻到桌上栀子花香
觉得，自己是真实的
刚逝去的白天也是真实的
接下去的夜会更真实

2012-06-09

游　泳

游泳时，我才是真正的诗人，
但还不是我的祖先——
在金色浪涛中劫持明月，
阴茎喷射着洁白的盐的海猿。

2012-06-11

修昔底德

这些天，读修昔底德《伯罗奔尼撒战争史》。
因为这个尼采热爱的古希腊人的著作，
他明白了什么是“实事求是”，
由此，来到先秦和当代中国。

2012-06-13

沉　睡

灯下，他看着两朵白兰花，
觉得相比自己，
它们更接近他想要的那种艺术——
像一对年轻恋人，永在夜色中沉睡。

2012-06-16

台　风

夏天，一个男人在海边，
像一匹会思想的马。
当他往大海走去又转身回来，
我知道，这是台风。

2012-07-11

夏　夜

是的，我总是太急躁，总是无法忍耐，
至今仍有一个儿童的脊椎、大脑。
在这闷热、郁郁寡欢的夏夜，不想洗澡，
觉得宇宙和我都是拒绝进化的大猩猩，
有我挚爱的无产阶级的语言、暴力。
噢，既然自然中没有什么能使我安静，
写诗也根本无须教养，
那就醉醺醺地掷出星火的石块，来场战争吧！
有时诗唯有通过毁灭得到，
有时毁灭才是诗，
有时诗就是往昔、未来绝望又欢乐的汗水。

2012-07-20

夜莺颂

说吧，快说吧，
既然你如此迫切，
既然我已不想说。
我知道，你是那只来自广大虚空的年轻夜莺，
来替代我——老去的同类。
是的，老夜莺终于沉默，
年轻夜莺发声，
世代从来如此运转，
从来如此契合，而非对抗。
在注定没有奇迹的世界，
你精湛的发声只能是最深睡眠，
我更自然的沉默，
是世界对你唯一的聆听。
如此，我知道，
聆听是为了记住，也是为了遗忘，
或者，记住就是为了遗忘，
但两者并非就是死亡，
不，没那么轻易。
事实上，我们不死，我们永生，

永生在这世界是对我们的惩罚，
世界因永生的我们一直在。
如此，深情发声吧，
年轻的夜莺，我专心听。
我，一只老夜莺那么安静，
一直陪伴年轻的你，
但这并非爱。
不，你我没那么幸运，
这是时间的永生。

2012-09-18

从山里回来

“山顶也有松林吗？”
“有，还有雪。”
“看到松鸡了？”
“看到了。”
“像上次那么美？”
“想起普希金的一首诗。”
“我爱那些岩石。”
“嗯，中午时是热的，
还有苔藓、裂隙。”
……
“风。”
“是的，风。”
“日出像火炬的露。”
“有些冷。”
“你还看见了什么？”
“一块空地。云好像被晒干了。”
“看见湖了吗，我们一起游泳的？”
“看见了。”

“那你还爱我吗？”

“亲爱的，爱。”

2012-12-16

爱的阅读

开始了。究竟，这是何种往昔？
我看见在百花盛开的森林，
一位古老、英俊的神，
微笑着，轻蔑然而好奇地，
开始阅读年轻的爱。

2013-01-10

爱 人

海鸥飞走后，风更大了。

我听见一个声音——

“喂，诗人，你是我的敌人，还是朋友？”

一个更洪亮的声音随后响起——

“那你呢，大海，

是否，你是我的爱人？”

2013-02-15

活　着

一切都为了踏上那片积雪。
那座通往山里的桥还记得，
我的生命有特别意义。
那天，孤独的我来到山里，
看见了应该看见的，
我的朋友，你还活着。

2013-02-16

没有看见

镜前，一具年轻骷髅在写诗，
写对于爱的幻想。
他就这么低头一直写着，
完全没看见镜子深处，
那因他平静，但明天会更愤怒的海洋。

2013-03-20

广　告

仙桃上，猴精沉睡。
金瓶里，乌龙深眠。
夏风吹落了铁球，
这是谁为地狱做的广告？

2013-02-18

自　省

四十四岁，我或许具备了献身伟大诗歌需要的孤独，
但仍不够专注，
那种原始的，像十九世纪火车头，
笨拙、沉缓地驶向群山的专注。

2013-03-03

夜　景

大地充满欢乐，
处处颂歌洋溢的喷泉。
愚人们把王冠擦得那么亮，
说愿意成为愚人的你，
是他们不曾目睹的夜景。

2013-03-16

雨

夜，雨来到他的心，
有一张坚毅的雄狮的脸。
他愿意被这友谊环抱，
直到天明，这位伟大的朋友离开。

2013-03-17

想 我

吃掉最后一粒紫葡萄，
雾霾中，想起一张女人的脸。
这张美丽的脸呵，
似乎在说：“您应该想我。”

2013-03-26

人性中没有纯诗

小船泊岸，因为我已厌倦再往前探索。
但远方湖面发生了什么，让我不禁又转身？
一条美丽红龙从湖底来到蓝色天宇，
告诉我，它是我不可能理解的宇宙伦理，
“人性中没有纯诗。”

2013-04-26

湖　上

深绿水杉林笔直刺向太阳
湖水夏天的身躯如此沉闷
你的船橹荡起又更沉摇落
发出万物深处螺旋的吱嘎

2013-6-17

是　否

这是何处？
万物沉睡后，
这是谁的大地？
夏夜辽阔、蒸腾，
我的诗人，
当漫溢的水桶，
摇摇晃晃，
映出提水的你戴的花冠，
是否，你的神已回来？

2013-08-18

傲　慢

活在这个暴力、愚钝的世界，
诗人，很多时候你关掉了声音，
那匹奔腾的白马是无声的，
因为你对大地总是那么傲慢。

2013-08-24

胜　利

从青年起，他一直追求胜利，
想作为一个诗人，奥古斯都那样举起手。
此时，天快亮了，
一直坐着的他站起来，走到窗前，
又一次，想要奥古斯都那样举起手，
却感到身体在老去。
窗外的雾涌进来，
轻轻说：“永远，我们追随你。”

2013-09-30

平　静

这是黎明前
窗台上，摆着一只久未碰过的苹果
疲倦的他有了平静
这是大海终于又在大海上航行

2013-10-02

幸　福

铁链造就的时代，
天鹅飞往地狱，寻找幸福。
噢，幸福，
究竟什么才是幸福？
或许在地狱才能找到。

2013-11-17

窗　台

倚着窗台，这个青年感受着痛苦，
觉得痛苦是他的宁静。
晨曦照着他苍白的脸和如此美的脊椎，
想和他成为恋人——
在接下来的岁月，
每天相会在这敞开的苔藓青碧的窗台。

2013-11-17

厌　倦

不愿阅读。你——疲惫的诗人，
望着伫立、奔跑在拱顶的天使，
说：“真好，永生不会使你们厌倦。”

2013-11-21

结 束

少年带着纯诗来到河流交汇口，
这里呼吸起来更柔和。
当船沉没，
水，泛起……水。

他觉得这样很好，
“它们认得它。”
时间，很快就过去了。

只有——静、寂，
射线般无尽，
蓝、褐。

只有原始的音乐，虚无。

2013-12-01

礼　物

湖水流逝，小船泊在柳下已很久。
那个女人带走了你天鹅般寂寥的音乐，
留下一部那么美的《般若波罗蜜多心经》。

2013-12-28

新　生

新世代已开始。
爱喝烧酒的男孩穿上鲜黄雨靴，
去往昔无法萦怀的宇宙，寻找深爱的小花猫。
她野蛮的小爪子爱扑打纯洁的身体，
以致新生血珠不断闪亮着问：
“我这是在哪里？
莫非爱是自天空不息的萦念升起的湛蓝——最高确定？”
但如此纯澈的形而上学对于胖胖的她仍然不给力，
“哼，你不够爱我。为了学会怎样爱我，
汝当前往总是点灯的深海拜访已是蓝鲸的耶稣，
向更胖的他学习爱的密宗。”
这使男孩想起，
为重淬自己无法探知无限的人生，
一直苦思的一首诗。
为此，他读完所有古典作品，
又历经艰辛，见到了在地狱的绿草地上，
仍然勉力的马基雅维利。
他唯一的爱人是祖国，唯一的方法是他发现的政治——
复活《伊利亚特》高贵、正面的一。

这沉雄、热烈的古罗马战士如此渴望胜利，
像过去的他如此渴望光荣——
常独自在冬夜，领略被街灯辉映的
如此崇高的中国雾霾。

“但小花猫是对的，新世代已开始。
当爱的根茎生长，专心的我听见。
我，应是她心中静下来的纯梦，
那根使她感到幸福的紫金——
崭新的，比所有彩球还高的天地之柱，
她爱上的灼热大地上的新生。
为此，寒夜里，
我要造一艘破冰船。”

2014-01-09

出埃及

那么，我完成了吗？
不，我还没触到拱顶，
还有一只高举的手臂，
和它高举的火炬的距离。
因此，航船呵，
请让承载你的波涛更汹涌，
让我生命的基础，
来到命运所有不确定的中心。
作为一个质朴的诗人，
我不相信它是悲剧。
它不是还乡，而是出埃及。
那星空深处的中国，
才是我的祖国。

2014-01-15

时间具有记忆，并且永在

早晨，你看见一只喜鹊从旧巢搬树枝去新家。
“嗯，喜鹊还记得它的旧巢。”
这使你想起前些天读的《白鲸》中
一个细微到可以忽略的形象——
……一丛枯萎的石楠灌木。
那么，究竟是谁记起这细微时间？
这幽暗记忆究竟是谁的记忆？
犹豫中，你多想说出似乎还不确定的——
“那并非我，而是时间记住了时间，
时间具有记忆，并且永在。”

2014–01–22

沉　睡

独自去湖边。
暗夜里，群花沉睡。
沉睡吧，春夜，
这无须思绪的花朵，
是救世主降临前，
大地珍贵的蕴含。

2014-03-17

听　见

凌晨四点，你下楼买烟，
夜，已来到新夏。
你听见群鸟醒来，
在巢里彼此起伏着歌唱，
像汇合后准备出发的军队。
你听着，静静听着，
然后回到楼上，
继续研究你的诗，你的神学。

2014-05-19

歌　剧

一直，我的人生有很多烦恼，
这些烦恼，像一朵朵与我往返流连的云。
在这崇高夏夜，亲爱的她们来到我房间，
说我壮丽的人生是她们向往的歌剧。

2014-06-01

可　能

在这个人已完全遗忘，完全适应了暗夜，
似又赢得地上的自由，
似又有了各种可能性的时代，
在这个聪明人遍布的时代，
你读到的诗多是鬼魂傲慢的自语。
唯有不为他们所知的更暗黑的你，
从一个恐龙般过时的形而上学者，
盲眼地来到更早也更专制的神学，
觉得写一首原始的，战胜自己，
战胜以往全部文学史的诗是可能的。

2014-07-07

延　续

窗外，又阵雨了。

雷声——

沉闷、阴郁、绵长，

充满辽远诗意。

让我想起人生很多迫不得已，

它们正在延续。

2014-07-11

偶 感

所有烦忧都是美好的，
黑暗是美好的，
地狱也是美好的，
兄弟姐妹们，我们必须这样认识。
愿我们是活在浩瀚的无常海洋的蓝鲸。

2014-07-25

疯　马

漫漫夜途，
爱为谁授记？令他光明？
疯马，我的白色疯马，
在大地上踽踽独行，
死亡已无法战胜你。

2014-08-13

等　待

整个下午，
你在办公室不停吸烟、电话、喝茶，
有时转身看着窗外，
与平时没什么不同。
但你知道，你的心思不在这里，
你平时的心思也不在这里。
因为你仍在等待，
多年来，一直都在等待。

2014-08-27

水　晶

有时我觉得，
我并非中国人或世界另外民族，
也并非用汉语写诗，
我只是，一直都在梦想。
但事实是，并没有什么天亮，
我也越来越失去雄心发出的高音。
我不再信任人，
不想与人有灵魂的交道。
在我心里，那种具体的，
对人的情感已经没有了。
或许，这就是夜，
但夜没有任何意义，
此非我之命。
或许，唯如此，
我才能成为一块水晶。

2014-11-06

天　赋

很可能，我没有人们说的成年，
我会从一个孩子直接来到老年。
瞧，我的人生如此快，
这是我的天赋。

2014-12-09

希　望

诗人，无论怎样，
请保持你的活力。
像冬天落尽叶子的树，
黝黑、荒凉，
仍热烈生存。

2015-01-07

纯　诗

在恐惧、愤怒中得宁静——

这是我。

我的恐惧、愤怒实际上空灵、无羁。

这种进程的节奏，与悲剧不同，

只有我，和我，

并无命运监督者（他）的神秘停顿。

这般过于急剧而无法平衡的开始与结束，

应该就是异乡人在旧大陆写的颤抖的纯诗。

2015-01-24

唯一的浪漫主义

大气消失了，
群星真纯、艰险。
你的，
井水——海洋，
抛开大地，
左旋着，上升，
直至末日，
末日之后。

这古老的还乡之途，
乃技术时代唯一的浪漫主义。

2015-02-15

习　惯

因为经商的缘故，
与人交往，他喜欢有效率。
这种习惯已进入他的灵魂。
如此，几年过去了，
一个下午过去了，
“我的朋友，你到底想对我说什么？”

2015-02-09

告　诫

年轻的同行，
请别让我怀疑你们对美和真的热爱。
如果你们从未读过卡图卢斯六十三首作品，
我原谅你们。
如果你们读过却一无所感，
或表现出那些长者同样的沉默，
那么，你我绝非同类。

2015-05-08

更深邃

有这样一种诗，
生成越剧烈，
本体就越冷淡、柔和。
像有人开灯，
是为了感受关掉它后的更深邃。

2015-05-14

怎么办?

怎么办，诗人?
前进道路出现了障碍，
应该怎么办?

你应该学习太阳，
举起有力的金手，
给它重重一拳。

2015-05-23

诗的知识

诗是与现代人掌握的知识相悖的知识。
我们遗忘的肯定比我们记得的多。
唯明白，我们才可能转身，
来到金字塔——
这几何的几何，令宇宙开始、结束、循环。
才可能来到金字塔之上的无限——
我们久别的故乡。

2015-05-23

偶　感

夜晚，隔着玻璃，
你看街上车辆往来。
明亮车灯远去，
明亮车灯近前……
黑暗中的你感到，
“我还有很多时间，很多时间。”

2015-05-24

写诗的经济学原则

写诗，应尽可能少地
使用语言和比语言更物质的意义。
可把缺乏此种能力视作写作上的无能，
而不只是浪费。
此种写诗的经济学原则来自这样一种认知——
我们的生活在开始前其实就已经结束了。

2015-05-28

懒　人

我是个懒人。
有时，三天洗个澡，
有时，七天，
有时，更长。
所以，我常搓身上泥垢。
经常，当我用灵巧手指，
搓出一个个越来越圆的泥球，
会觉得，它们有巨大的，
远比我思考宇宙、人生，
多得多的诗意。

2015-06-02

无　题

那火中死者般燃烧的火，
那无法经验，只能体验，
那无法思考。
请相信我的痛苦，
请看我一眼。

2015-06-08

关于被文学伤害

“要对残酷、不幸、疯狂的文学保持高度警惕，
以免被其拖入并洗脑。”
这句话，来自我国一个自诩为“文学内行”的年迈作者。
其意是，因为他是一个真正的文学内行，
所以成功抵御了文学对他的伤害，呵呵。
可问题是，伟大的文学会伤害他吗？
不会，伟大的文学根本就不屑伤害他。

2015-06-10

对近来的阅读及其作者的一点思考

克尔凯郭尔：纯洁。对性和自然没半点兴趣。
麦尔维尔：荷马。亚哈船长比白鲸更象征了某种自然。
贺拉斯：对整体、对立的认知来自《伊利亚特》，
《诗艺》表明其作为帝国诗人又独立于帝国。
《哈姆雷特》：一个军人的厌倦，以及无比壮丽的结果，
让我想起同是军人的阿基琉斯和安德烈公爵。
当然，还有另一位厌倦大师——
发现了现代性，也就是发现了无常的波德莱尔。
或许有一天他厌倦了地狱。
最终，厌倦之王：佛陀——一切有为法，如露亦如电。
真相是并无波德莱尔试图在瞬间中寻找的永恒——所谓结束、熄灭。
马拉美：洞穴或深渊尽头的纯诗，创造了洞穴或深渊的纯诗，
其绝对和相悖。在马拉美的基础上，纯诗必须抹去纯诗，来到无限。
应该，马拉美是阿波罗的信徒——追溯某种太虚的光明与黑暗。
杜甫：几乎是儒家在美学上惟一成功的例子，一个意外。
另一个意外是颜真卿。
更意外的，唐代以来惟有他们的作品以及五代、北宋全景山水画
有天地支柱的时间结构，亦是此时间结构自高古以来美学上的终点。
而重现天地支柱是现代汉诗的宿命，现代汉诗高贵的神学，

由此，现代汉诗将超越全部的作为体系的时间，来到无限。

《鹿柴》：黄昏短暂的光线逝去后的黑暗。

《周易》：首尾咬合的螺旋运动，在宇宙诸种相对运动中，并不高级。

任何时代同时都应是一个出易的时代——尤其当代。

惟执中守易才能出易，经此认识唯识宗的弥勒。

《野草》：这个散文、散文诗的杂糅，是现代汉诗惟一的起点，

迄今惟一的正典，意味彻底否定传统文化是现代汉诗的起点。

形式有那个阶段必然的偏离——其凝练只能以散文而非诗的形式呈现。

这个起点令人痛苦，很可能是错的，可又是必然。

或许，现代中国人与古代中国人最大的区别在于——“我们不再有耐心。”

史蒂文斯：与马拉美的《伊纪杜尔》相比，

他的玄思显得过于安全、自信，他还不擅于把自己置于深渊。

王炜：应该是当代中国作为一个无神论者能够成为的最好的文学形象。

《旧约》：爱与惩罚，惩罚与爱。

卡瓦菲斯：一个失去了战斗能力的（古）希腊人。

《四个四重奏·焚毁的诺顿》：关于现代人的时间必须结束的认识。

这种时间必须回到其开端才能结束。当灵魂再次来到作为隐喻的亚当

吃善恶树果实之前的某种相对整体的时间，会开始生命树的上升时间。

灵魂惟如此才可能摆脱作为体系的时间，来到光明。

歌德：魔菲斯特。他真正热爱的是黑暗，现代人的知识是魔菲斯特的

知识。我想到了人工智能——此种知识的结晶。

《俄狄浦斯》：关于已被遗忘很久的人的应该自觉或被迫毁灭自己的

必要。所谓天道，所谓（自然）正义。

2015-06-17

如果明天

如果明天我还活着，
我会更平静地对待我和他人。
因为我知道，如果明天我还活着，
这是生活对我的惩罚。

2015-08-03

问　我

“每天你都在干什么？”
“每天，我都在涣散，
都在涣散中极力想念你——
我的遥远，无法看见的星。”

2015-08-07

人类的命运永远只是少数几个人的命运

——献给佛陀

我应该关心什么？监禁我的层层时间？
我的因此耗散、低劣，总是功亏一篑的生命？
还是那个所谓的我的故乡——大地？
大地总是带我来到某一让我震惊的更低，
它分裂、自噬的重力就是螺旋的我的沉沦。
或者，我应该关心你们——
比我更无知无觉的我的同类？
甚至，你们愿意更执着地活在这般境遇，
觉得这是诗意？这是诗意的栖居？
这里有节庆？
不，我不应该关心这些，
我只关心几个真正的挣脱羁绊者。
尤其，我爱那个又悲悯地回来的人，
（他仅仅只是人，我明白。）
即便，他知道，
人类的命运永远只是少数几个人的命运。

2015-08-28

等　人

坐在街角花坛，
他沉浸于隐忧。
街上，没有谁注意他，
唯夜色环绕，
给予他不曾觉察的怜悯。
直到手机铃声响起，
这个有原罪的中年人站起来，
暂时忘了这些，迎向朋友。

2015-08-31

背　影

“没人和我在一起。”
命运让我明白。
如此，我应该独处，
（十四年来，我就是这么过的。）
慢慢，有了一个观测金字塔的背影。

2015-09-16

诗　人

诗人，你唯有专注，
唯有奉献。
当你总是一人，
应想起和天空的友谊。

2015-10-04

欲　望

临终时，如果有人问：
“这一生，你究竟知道了什么？”
你会说：“我对欲望略知一二。”

2016-01-20

写　诗

写诗是救赎吗？
是的。
但更多时候，
写诗是绝望，
或伪善。

2016-01-20

相　遇

很早醒来。
黑暗虚空中，有幸又与你们——
神秘鸟鸣相遇。
这并非奇迹，
而是平常一天开始。
你们用一种我未知的语言吟唱，
我在听，
因为感动，忘了学习。
这是一个堕落者的黎明。

2016-04-09

勉力吧

勉力吧，
即便永无宁日，
即便命运尽头还是叵测。
即便如此，
这个瞎子、罪人，
这具焦骸，
仍跨上病马，举起旗帜。

2016-04-20

春天看树

才一个月，院子里的树已茂盛，
接下来，它们会继续生长，
来到新一轮命运顶端。
天空，又出现伟大、轻柔的悬垂……
应该，接下来，再接下来，
你还会目睹、来到更多我们共同本性，
和它们一同起伏，无所谓表达。

2016-04-26

春　天

春天的户外充满芳香，
是喜悦的生命味道。
像一条蛇，你于其中安静呼吸，
永恒抽搐的螺旋暂时有些松动。
心中火焰呵，也不再那么炙烈，
又泛起久违的年轻时的忧伤。

2016-04-27

我们这个时代

我们已来到这样一个时代——
在这个时代，爱是两个人互相折磨，
是彼此无法全然信任，
却莫名待在一起。
感觉即便如此，也好过可怕的空虚——
与任何人没一丝真实关系。
然而，即便这样的爱也会熄灭，
我们只靠我们强悍、可怜的自我活着。
这就是我们这个时代。

2016-04-27

偶 感

我的很多诗没什么深意，
写它们，只是为了更好地下意识生活。
其实，很早我就厌倦了，
爱需要力量，我的力量不够。

2016-04-27

自　省

我是病人，也是医生，
我观察自己，试图治愈自己。
这是我想要的，
也确实是我的命运。

2016-05-05

黄　昏

黄昏。幽镜般的天空，
吐纳春天云霞。
茶园里的你，望着一座青山，
觉得这个黄昏适合怀念一个年轻人。
虽然，许久寂静后，
他会说："请您忘了我。"

2016-05-10

西湖观鱼

五月幽蓝的黄昏，石榴花绽放。
新柳下，初长成的细鱼触碰着水面。
优雅、冷血的它们，
世代悠游西湖，
知道我为何恐惧。

2016-05-19

命　运

一直，我很少关注时代，
只感受自我和星空，
也是自我和星空的冷漠观察者。
研究这个自在、多维的坐标，
其中相对运动——
一个个水晶般旋转的谜，我都想解开。
直到，目睹我和星空之上的一束白光——
某种室内氛围，非常安静。
之前一切，程序般瓦解。
应该，这是我想要的命运。

2016-05-25

意　识

人的意识大于人的语言，
意识是最大的自然之谜。
我相信语言可说清一切，只要真感受到。
重要的不是语言的边界，
而是意识的边界、意识的能力。
通过意识认识意识——
这人认识人和万物的尺度，
不仅是科学家的任务，更是诗人的任务。
因为诗人是人性——
这种似乎莫测运动的敏感者，
也是语言运动的可能和局限的敏感者，
而诗是对这两种运动的勉力超越。
恢复对各种具体的整体运动的感受能力！
这尤为重要！是现代人最应向古人学的！
自由源于对各种有限整体的超越，
而非成为绝对个体。
我想，佛教的放下执念，
首先是摆脱、清空诸种个别意识的局限，
使意识来到意识的整体运动，

洞察此运动的诸种形式，
从而使意识超越意识，意识抹去意识成为可能。

2016-05-28

戏剧性

是一个人与自己，
而非与他人，构成根本冲突。
而只有当这人，
同时又是这冲突的观众，
戏剧性才生成。

2016-06-04

最终，诗人没有阴影

没人对我说这句话。
虽然，我一直盼望有人，
（他是我的朋友，）
握住我的手对我说：
“相信我，最终，诗人没有阴影，
他甚至不仅是纯粹的灵魂。”

2016-06-17

有 感

窗外的树越发粗壮，

夏风中，它们生长。

我也是。

或许，我一生的努力只是为了抹去自己。

2016-07-09

承　认

这些天，从黎明到夜晚，
夜晚到黎明，
欲望控制着我。
很可能，欲望会一直控制我，
直到我死。
今天早晨，
我听见一个声音说：
“你要承认。”

2016-07-27

《伊利亚特》

《伊利亚特》意义上的古典意味着
那个时期的古希腊人承认天地人神的多元。
这多元彼此充满矛盾，
每个元的自身充满矛盾，
但这多元同时更是一个运动整体。
彼时的古希腊人愿意整体地看待运动，
把各种运动形式的自身和彼此作用，
看作一个运动体系，
而战争是此运动体系的最戏剧性。
《伊利亚特》歌颂的，是一群热爱战争的人、神。
他们并不觉得冲突会导致整个运动体系——
神圣的“一”的崩溃，
相反，认为冲突是“一”的显明。
异于现代人，他们确有来自“一”的，
处于文明开端的生命力。
他们认为，人神各有命运，
人神必须接受各自命运，应主动接受。
信神的古希腊人并不认为人会因为信神永生，
他们接受人的有限，人的必死。

那时只有冥府，还没有地狱。
为了接近神，为了成为一个真正的人，
人努力追求人——必死者的不朽、荣誉。
阿基琉斯大战河神，赫克托耳被众神戏弄，
仍勇敢面对死亡，同为《伊利亚特》光辉拱顶。
此刻，人神同列。
正因如此狂欢、喧嚣，
死亡愈发是《伊利亚特》的主题。
《伊利亚特》展示了古希腊人于开端即知结束的天赋。
需指出，赫克托耳并未因被众神抛弃不信神；
胜利者阿基琉斯在远征特洛伊前，
已知宙斯决定了他会死在那里。
那种深切、自然的悲伤，
与蓬勃、迅捷的生命元气并存，
好过枯燥的约伯太多。
无论如何，《伊利亚特》的一切行动皆正面，
这种正面意味其中的矛盾，
并非上帝与魔鬼的矛盾。
这是“一”的精髓，
这是《伊利亚特》独有的高贵。

2016-08-31

休　息

一切都准备好了，我的诗人。
当时间终于“啪”地断裂，
你要的只是休息。

2016-09-14

下　棋

就像多年前，
近来，他每天去棋馆下棋。
简陋屋子里，那种总是烟雾缭绕，
欢乐、沮丧的沉溺，
让他暂时忘掉一些事情。
更重要的，时间就这么过去了，
而他已经四十七岁，
命运要求他完成的，还没完成。
也许，他并没有什么命运。

2016-09-21

玫　瑰

玫瑰，何种玫瑰？
那累世经劫，无人知晓，
殿中凝视你的玫瑰。
生命树尽头，从不旋转，
永不寂灭的玫瑰。
必于你末日，
慰藉你的玫瑰。
那钟——蓝色深处，
金字塔孤寂的美。

2016-10-12

白茶花

已然冬天，白茶花绽放。
既然纵情欢乐已无可能，
我准备睡上一千年。
呵，我的朋友，
纯洁、幽寂的灵芬，
马上，我会离开你，
比你更快回到大地。

2016-11-25

冬　日

如果已完成的并未使你幸福，
如果写诗却从未目睹诗神，
那么，老去的你至少感到，
正来到的蓝色冬日，闪耀着爱的寒冰。

2016-11-29

看　见

重要的，是认识它前，
必须看见它。
看见，是一种稀有能力，
是命运。
猛然间，你不再是瞎子。

2017-01-05

我的诗人

水仙还没开就死了。
那似乎解决了的，并未解决。
如此，我的诗人，
品味恐惧无尽的甜意，
是否，你还能说：
“我仍在探索。”

2017-03-01

感　怀

春天，已然壮年的你，
意识到自己的生命并非一束白花，
意识到——“我不是静。”
“因为我的内心仍活着一个于连，
活着太阳般炙热的虚荣！”

2017-04-12

最美好的死亡

傍晚，四月蓝天，
有夏日青色。
此种沉静、秘境，
使你心中神魔都放过你，
恍若最美好的死亡。

2017-04-18

回　忆

那天，当你凝视我眼睛，
时光短暂而永恒。
然后，你说：
“没有，什么都没有。”

2017-05-16

想起曼德施塔姆

聆听夏夜暴雨黑暗、急剧的高音、低音——
愈旋愈紧的时间断裂、连续，
我想起曼德施塔姆。
想起诗是黑洞另一侧晶体，
亦是来到、回忆，为此绝望、感激。
愿它这次来到大地不再受难，
是喜悦、胜利的生命。

2017-06-10

野　马

经常，我的心像一匹野马
领略无尽无常之美
这亦是静
无论怎样，我都在宇宙大道里

2017-06-18

知识树

也许，我们唯一确凿的知识，
是没有什么知识是确凿的。
这是悖论。
一个封闭、自噬的螺旋，
只能这般认识自己。

2017-06-21

事　情

事情可能一直这样，
你终于清楚知道。
可你仍须得体，
相信必然，而非奇迹，
有时，可以去拜访自然。

2017-06-23

毁　灭

夏日黄昏。

落日——

你的依然灼热的红镜看着你，

直到你说："我愿被你毁灭。"

2017-08-05

那　人

一直，那人坐在小店狼藉餐桌前
迟钝眼眸，一片空白
过了会儿，拿起牙签
剔指甲缝里污垢
他就一直这么剔着、剔着
我知道，他受伤了
愿神怜悯他

2017-08-17

美　学

野兽般活着，
直到下雨了。
直到如往常，
雨后夜空并未出现奇迹。
你接受了事实。
噢，野兽般活着，
你的美学！

2017-09-06

《心经》

有时力竭，他会诵观世音《心经》，
然后，睡上一会儿，柔和地醒来。

2017-09-13

结　束

如何才能还乡，渡过无常海洋？
奥德修斯的船，还是观世音？
孤单、老去的水手，
你登上了哪艘？
无论如何，时间不多了，
我知道你并非追求胜利，而是结束。

2017-09-23

重要的

重要的，是静下来，
持续，由静来到静。
重要的，是持续非我，
一一，于群芳深处，
绽开消逝。
重要的，是不在任一时间——
某种不再是语言，
噢，纯粹的无名。

2017-09-24

本 性

没有形式。

甚至，亦非光。

唯此至简永在。

此非秘密，

亦非奇迹。

这是爱，

无尽的爱。

这是我们的本性。

2017-09-25

白色花环

这是一个幻象，你清楚地知道。
可当黄昏，音乐消失，
你仍不禁想起有很久没见它——
暗淡中，一个白色花环的沉静、美丽。

2017-09-26

节　日

节日应该一个人过
一个人，像一朵彩云
一枚彩色气球
这是节日

2017-10-01

何处，何时

一首诗，再一首诗，
再一首……
只能说明我还活着。
这不系之舟，
明天在何处？
何时会沉没？

2017-10-13

明　天

深秋，河对岸吹来风，
似过去已结束。
如此……什么是你明天的基础？
什么是确凿的明天？
孤独的，永于存在尽头矗立的金字塔？

2017-11-03

写作的目的

或许我没有什么作品是完美的。
这个判断让我不再虚妄。
而这不正是写作的目的——
生成一颗行者的心？
可路途呵，何处是尽头？

2017-11-04

餐　厅

喧闹餐厅里，你看见一张相片，
是一处流放地的暴风雪。
不由想起一位朋友，
想起他朴素、绝望的语言。
觉得美就是这么诞生的，
呼应着你急切的需要。
是对残存的你的审判和宽怀，
令你在这太晚来到的末日耿耿于怀。

2017-11-05

无 常

没有什么神圣，
也没有什么悲剧、喜剧，
也根本不需要救赎。
活在这个满是聪明人和愚人的世界，
我唯一热爱的，是无常。

2017-11-06

星 空

“情况应该好转了，
但愿，这不是幻觉。”
他看着窗外……
此时，城市灯火辉煌。
黄昏后的星空——
噢，书的末页。

2017-11-09

冬　月

窗台上，茶花快开了，
美似乎就要继承美。
像情绪和纯粹的情绪，
像雾与夜，
等待云中冬月。

2017-11-20

处 境

死在死之前已发生。
此时此地，
这是谁的无条件性？
谁赠与谁的礼物？
谁的赤裸生命的亡灵？
又是谁欲留在这纯粹无诗意处，
真正的故乡？
这是谁挽留了谁？
谁驱离了谁？
这是谁指向谁的手指？
这是谁的目光？

2017-11-30

还　乡

走上一个通道，
不同的你，看沿途不同明灭，
在不同的镜子前，看不同的自己。
你知道，这是一条“你不再是你”的路，
这是你的死亡，但确实就是还乡。

2017-12-30

金字塔

最古老的时间已经回来，
这是我们的未来。

或许，什么都没改变——
这规定了宇宙所有运动的钟。

但愿，它这次厌倦。

2017-12-31

僧 侣

虽然我有很多欲望，
骨子里，我是僧侣。
当此日落，杭州金家渡路，
我追忆。
从哪里来，回哪里去。
我会回到那个光辉、寂寞的神殿，
赤条条来，赤条条去。

注：作者住在杭州金家渡路。

2018-05-01

生　命

应该，我已结束，
一首坏诗般结束。
五十岁了，
被大地折磨，
被我。

2018-05-03

愚　蠢

人最大的天赋是愚蠢。
必定愚蠢里有诗意，
否则不可能有诗人。

2018–05–04

夜观西湖

再到西湖，
爱可以就是黑暗。
浩瀚湖面呵，
你的苦和口吃，
此乃注定。

2018-05-05

爱情现象学

当一个人是男人，也是女人，
不止于，既是男人又是女人，
这个人是真正的，本来意义上的人。
这个人是圆的。
这也是人对爱情迷茫、绝望的原因。
在爱情的某一瞬间，
人似乎成为了那样的人，
感觉到了圆。
但那只是一瞬间。
很快，他们就恢复本性，
回到彼此自噬的螺旋。

2018-05-06

苦 涩

……

只留几样最基本。

这是你希望的。

可这样的人生，

必有缠绵之苦涩。

2018-05-06

意　象

一首诗有一个意象足够了。
有时，需要两个、三个，
可总体上，一首诗有一个意象足够了。

2018-05-07

得　救

一切黯淡

然而，一切皆会静下来

一切皆能得救

2018-05-07

体　力

每次让我回来的，并非奇迹，
是恢复得不好的体力。
一直，我靠它支撑，靠它写诗。

2018-05-08

为何，我要思考？

如果语言仅愿通过语言，
而非意义——回到沉寂，
如果语言更愿不再是语言，
为何，（我）要思考？

2018-05-08

写　作

总是这样——

从燃烧，回到熟悉的平静和隐隐不安，

黑暗中，下意识的出神。

似乎只有这样才有安全感。

然后，再一次。

2018-05-08

有　感

你在哪里？曾照耀我的，
干细胞般原始，永不裂解的星？
为何，我惩罚我成为右旋的螺旋？
你在哪里？

2018-05-11

安　静

“就这样了。”
听见这轻微自语，
你宽待自己。
窗外，更安静。
这个世界没有神秘。

2018-05-26

不会到来

我认识不了真理，
写作只是缘于习惯。
在这汗珠沉静流淌的夏夜，
无聊着，明白您不会到来。

2018-06-06

《堕落史》

睡了会，泡了茶，
读《水浒》。
觉得世道即便如此，
浪漫主义仍然可能，
虽然注定毁灭，
虽然早与你无关。
对于你，在即将来到的星空下，
只能接着写已写了一生的《堕落史》。

2018-06-16

最高隐喻

如果异化的人仍属自然，
全然可被预见。
如果一切皆神学——
堕落、救赎之前发生过，
之后还会发生，
一切皆运动，运动的平衡，
存在着诸种运动、诸种平衡。
一切荒诞，又不荒诞，
悖论又不悖论。
如果人对起源的遗忘是必然，
一切皆金字塔之引力……
人应该认识自己——
不自恋地自觉回去，
像所有神话中那位英雄中的英雄，
实践所有神话蕴含的最高隐喻。

2018-07-29

靠　近

等待，不再等待，
在同一星空下。
死亡自有新世界的清新。
噢，花树般，
无须誓言。

2018-08-05

红 花

唯厌倦，纯净？
我的兄弟——
一朵真正的红花并不了解自己。
星空照耀此旧世界之灵魂，
指出它是谁质朴记忆？
噢，一生最好作品，
沉闷夜晚黯淡的生命。

2018-08-08

没有忘记

今晚，如果愁容使我其俊，
如果有人走近我，
我会深深感激，
说：“谢谢你没有忘记。”

2018-08-11

夏夜明亮的星空

夏夜明亮的星空，我认识您。
年轻时，我是飞向您的天鹅，
如今，愿是在您怀中睡去的火山。

2018-08-22

反　向

烦恶，太烦恶。

如此，毁灭一次，再毁灭一次，

锤炼另一种真切意志。

2018-08-22

秋　天

一个死者躺在那里，
可事情不可能结束。
等着被另一阵更莫测的风卷起——
另一阵更逼仄、广大的风。
毕竟，秋天，
生命要离开生命。

2018-09-23

丹桂的末日

仅存，愈来愈少，
丹桂的末日，也是我的。
这柔和之死，
比你的终结真切的终结，
忧烦者唯寄望命运之外有命运。
噢，愿生命因败坏确已着地，
于此重新认识美和真。

2018-10-04

回来了

我回来了。
是否，此处真是我家？
需要一个贫乏的句子，
表达忧伤、短暂的幸福——
我回来了。

2018-11-03

光

我是病人，
认为所有诗都有谬误，
或者它们就是谬误，
其未来应该泯灭。
没有音乐，不存在存在——
没有此刻。
蓝即黑。
如此，不抱希望是诚实的，是光。

2018-11-11

奥德修斯

无尽地生存。
生存是一本最伟大的书！
忘记——“我是诗人。”
生命中最重要的事恰恰可以忘记！
如此，更浑然，
成为沉默着横渡无常大海的奥德修斯。

2018-11-17

黄　昏

终于可以喘息，
看园中花朵。
此稀有裂隙，
不会想："我是谁？"
虚荣——古老的奢侈，
亦已消失。

2018-11-23

前　进

无论我的末日是什么，
我还是我。
可这并不重要。
重要的，
是在末日，我是否还会说：“前进！”

2018-11-25

宁　静

寒夜绽放，似甜美葬礼。
自然死了，人活了下来，
新法则已诞生。
细雨中，无名的你不知与谁搏斗着，
感到这远不止是苦果，
却是你唯一能得的宁静。

2018-12-06

偶 感

我的日常生活和诗没什么关系——
全然非诗。
一直，我希望看到它的底部，
可时候似乎未到。
直到某个清晨，镜中出现一张魔鬼的脸，
他也不再年轻。
我们对视着，觉得对方都那么真实，
又都那么不真实，彼此因果很深。
彼此，弥漫着平静的失望，
一切因而都已确定。
重要的是彼此并不高级——
美学的反面！
但或许，非诗是诗的核心，
一切相悖。

2018-12-23

新道路

新道路不再是时间。
那无人之人——
暴风雪夜，
视觉是飞船正离去。
形象不存在了！
音乐也是！
这才是抒情！
当暴风雪夜确是空白，又结束空白！
极其明晰。

2019-01-09

开　始

灵魂平静了下来，
但仍不能说：“黑暗有尽头。”
应该，在此没有音乐之地，
我见到了你。
一切才开始。

2019-01-20

情　绪

昏睡中，看见一个黑色圆环左旋，
没有始终，内外不住转换。
二十五年后再次目睹“几何”，
令你觉得，相比年轻时的目睹，
这是一个不好的“几何”——
“旧事物仍在延续，
因为旧事物仍在旧事物的时间模型。
一切仍是无望、原始的情绪。”

2019-02-23

焦　虑

愈来愈迅疾的反应，
语言却仍是语言。
“噢，为何无限不会出现在一首短诗，
黎明太陡峭？”

2019-02-25

早春隐约的群星

长久凝视。相比纷纭，
寂静生起诸种寂静。
早春隐约的群星，
这些（相对脆弱）的自在——
起始，如何就成为可能？
这些年轻的微笑，已堪称背景的表情，
意味着我的，还不是。
因为我还不懂死亡。
或许智慧作为意识自然的总结，
在于领悟了无思——
一切运动，甚至死亡、寂静运动的解构。

2019-02-28

唯一可能

大便时感到阵阵恶臭、肛门急遽的放收，
觉得人如此恶浊，
如何可能不朽，
如何可能参透不朽？
熄灭吧，这是因果中最好的因果，
唯一可能。

2019-04-19

轮　回

贪婪之人、狡诈之人……罪孽之人，
何以思考——
“无限是对一切形式的超越，
亦是对一切非形式的超越。”
应该，我没有此种天赋，
乃此种天赋开始前最凝聚的轮回。

2019-05-01

再

那已磨灭，唯无名者目睹的美，
年轻时，自尊心极强者寻觅的星星之火，
并非经验。
是谁难以平静，更困难？
应该赞美多年后终于再执着——
还乡者愈益冷寂又炙热的水晶。

2019-05-06

喘　息

厌倦一切正确、应该、必须……

厌倦严肃，

厌倦自以为追求真理。

回想起来，这些多么无聊、可笑。

人生短暂，来不及沉沦，

或如此，才能喘息。

2019-06-02

意 义

陷入诗人的沉思，
陷入商人、侏儒、白痴、暴徒的……
应该，这些沉思都有阴郁的音乐，
都有所谓意义——
并非直线弯曲了，
而是从来就没有直线，
唯有弯曲、旋转、悬停，
唯有……无聊。
噢，意义！

2019-06-12

邀　请

既然这个世界早已寿终正寝，
写这首诗用了比这个世界更久。
黑暗凝聚的灵感和意志如此沉着，
不再需要我后会邀请谁，
同造另一个更沉重轮回？
一朵永不绽放的紫红玫瑰？

2019-07-05

你一直是你?

灰鹤之夜，几乎明亮。
并无本质的死者“想起”塔尖蓝色花朵，
觉得——“至多，这只是继续无用地说服自己。”
噢，这非常沉重的代价，
如石灰墙上早被铲去的他的侧面像。
如此，穿白衬衣的早已出生者，
谁在问，被弃绝的你是否真实？
你一直是你？

2019-08-05

诗因而是非人的

最终，诗要求作者去死。
这是非人的，
诗因而是非人的。

2019-08-15

生命树

洞穴中，
一个，孤独的正三角，
左旋——上升。
沿途，死亡着，
成为不同几何，
不同星星……
来到、成为绝对几何——
金字塔——洞穴构筑者。
然后，回来。
如此，循环。
噢，上下皆死亡。
（自然？）——
完美相对性程序。

2019-08-21

试图认识无限要么是疯狂，要么是愚蠢[①]

无限

寂静——这平衡，作为相对运动体系群芳的心最终抹去自己。

（此三者乃生命树上下循环的三位一体）

2019-11-11

---

① 这首诗应先从下往上读。

附录

杨键访谈陈律

1. 你的诗总有一种负罪感，这是为何？

我的很多诗确有负罪感。它来自我对自身的日常生活和精神生活的判断，即在很多时候，它们是不洁的。应该说，我是个分裂、矛盾的人。在我的诗里，我一直试图以某种正面的非二元论的方式理解它们。

2. 你如何看待女性？

女人是花朵，是神圣、辛劳的母亲。我喜欢她们身上的某种被动性，表面上这是弱点，其实很高级。我的诗也有某种被动性。

3. 你如何看待爱欲？

爱欲是所有欲望中的最奇异。一方面，它渴望无限拥有，同时又愿意牺牲。它是又似乎不是欲望。很可能，它是整个轮回的基础——即整个轮回的基础很可能并非人的自我，同时它也是人或许还能获得救赎的缘由。

4. 你如何看西湖？

西湖是我潜意识的一部分，因为我自小生活在西湖边，一直就在这里。我倦于旅行或源于此。而西湖的美，现在我仍无法确凿言之。它应该是中国古典文化起伏之脉搏中，世俗生活与精神生活最完美的融合、呈现，类似宋瓷。并且，我觉得它已完成了现代性变异，进入了当代，具备了其实清晰的未来。这或许是一种预示。

5. 你的诗地域性不强，你唯一的地域似乎就是你自己，这是为何？

这与我的生活有关。长期以来我一直独自生活，也逐渐接受了这种相对封闭的生活，而一个诗人只能写他最感同身受的。并且，我确实渴望认识自己，这是我写诗的目的之一。当然，这肯定也是我的局限，近来我愈来愈意识到这一点。

6. 你似乎对佛教有兴趣，你有信仰吗？

我还不是佛教徒，因为我还没有持戒，但我确实渴望信仰，因为迄今我所有的经验和思考都告诉我，它是对的。

7. 没有佛教，古典文学会是什么样？

无法想象。对于古典文学，它是支柱之一，是情感、经验、思考、想象的中心和边界。

8. 没有佛教的新诗会是什么样？

一种没有佛教的新诗如同一种基督教诞生后却没有基督教背景的欧洲诗歌，是无法想象的。如果现阶段的新诗还没有出现这个背景，只能说明它还没有能力进入汉文化的母体，没有能力使之开始当代性的代谢。

9. 新诗太年轻了，对死亡的问题还无法做出回答，而死亡正在到来的路上，对此，你如何看？

死亡是新诗的母亲。年轻的新诗会继续在不断到来的死亡中成长，不断认识何谓死亡。事实上，死亡一直是诗的母亲，如同生命也是诗的母亲。

10. 你对道如何看？

现代汉语诗人应该在现代汉语的维度重新认识道。有别于古汉语和欧洲语言，我认为现代汉语之道是古老且正在复活的生命树之道，也是生命树超越自身之道，其尽头是星空之上的无限。我认为此种无限正是佛教所言的自性。

11. 做新诗的诗人大都只有语言，没有行动，这同古人真的相差十万八千里，你如何看？

应该宽容。这个时代没有完美的诗人。而一个完美的诗人，同时拥有语言和行动的诗人，意味着他的死亡。

12. 诗在今天如何才能有用？

问题不在于诗在今天如何才能有用，而在于我们是否写出了真正意义上的诗，我们是否是真正意义上的诗人。

13. 无我本是汉文明的根本，而在新诗里实践无我的诗人凤毛麟角，你如何看这个问题？

当代需要极度发展一个诗人的个体意识，同时他应该又有能力使之自觉地不断死亡。你的诗有这种汉文明的无我。当它最纯粹地来到当代，首先是一首挽歌。

14. 你对新诗的未来有信心吗？

我对现代汉语有信心，我相信现代汉语。不以人的意志为转移，现代汉语有着一种古老又全新的光辉的神性，它将救赎我们每个人。我相信这次它的到来在形式上会基于某种新理性——对现阶段理性的否定、扭转、提升。也就是我相信现代汉语最终会来到某种“自觉的自然”“自然的自觉”，这是它对古汉语的提升。

15. 新诗经过革命与经济的异化，失去了什么？

新诗并没有一个高贵的出生。从一开始，它就是自卑和孱弱的；从一开始，它就是革命和经济异化的产物。以此角度，它无所谓失去什么。但另一方面，如前所言，我相信现代汉语，相信它有神性，有高贵的出生。我相信语言层面的现代汉语早已准备好重构自身的上层建筑。

16. 你好像还写古体诗，你觉得我们的新诗能从古诗里吸收什么优秀品质？

自然和自然的生命。无我。

17. 文学深处最内在的渴望似乎是永恒，这样的永恒存在吗？

我是一个早就过时的形而上学者，相信在人的经验世界之上存在着一个先验世界。这个先验世界超越了时间。不妨认为这个先验世界就是永恒。

18. 新诗里罕有内省的品质，唯你独具，这是为何？而且你的诗非常有理性，这也是新诗所稀缺的。

内省是获得真相的前提。我愿意知道自己的真相，即便这个真相是残酷的，愈早知道愈意味着挽救的更多可能。这方面我是一个实用主义者。我觉得这个世界上最残酷的事情莫过于自以为是，其实不是，或根本无法面对真相。应该说这个习惯来自年轻时我对伟大的托尔斯泰的学习。而诗歌中的理性应源于长期的对一首诗的语言和意象的内在逻辑是否成立的不断确认。而诗歌中的所谓直觉，除了天赋，肯定也源于漫长时间的自觉锤炼，使之全然神秘并不真实。诗歌中的直觉也有自身发展的逻辑。无论如何，我首先相信写作上的强力意志。

19. 你写宋画的那组诗我最喜爱，你是在什么因缘下写这组诗的？

感谢杨键兄对这组诗的认可，对此我极为喜悦。我写五代至北宋十一位画家十四幅作品的《向自然致敬》组诗始于2006年，第一首写了李成《读碑窠石图》，写时并无要完成一个系列的想法，写完后才突然意识到。当时，我的第一本诗集《碎银》刚出版，其中有些写西湖的诗，现在读来并不成立，但应是《向自然致敬》写作的一个起点。写这组诗，时间从2006年至2015年，每首平均耗时七八个月，令我脱胎换骨。这源于我对大师们的虔诚。我想正是因为我对这些伟大作品长久笨拙、虔诚的凝视、学习，正是因为我的忘我，我得到了伟大先贤的灌顶，得到了他们的一些真力。简言之，五代至北宋画家的这些山水画，呈现了伟大的自然作为自然原力所呈现的全然未知的崇高，是古代山水画的尖峰和黄金时代。而对自然的认识是古汉语和现代汉语进化的起点和终点，是古汉语和现代汉语对人类文化最为独具的贡献。而我相信当代这个人之异化最疯狂的时代，也是愈迫近人重返自然重新认识自然的时代。

20. 你为什么偏爱写长诗？又如此偏爱写短诗？

写长诗可以相对完整地呈现我对某种超越了有限性的先验的认识，短诗则更多源于我的日常。不同于我的长诗，它们几乎都遵循了有限性原则。我需要同时认识这两者。

21. 你祖上有做文学这一行吗？

我外祖父郑洪年是前清光绪年间举人、康有为弟子、暨南大学创始人，是书法家，也是诗人。他在我出生前就去世了。

22. 读你的诗，感觉你始终在困境里，这困境是什么？

这个困境是我的自我。它太强大了，其本质是恐惧、傲慢。

23. 你有哲学吗？

我有哲学，已经写了三年的长诗《对意识和运动的相对性的思考》是对它的详尽诠释，希望它是对的。

24. 你的价值观是什么？

希望此生能真正的结束。

25. 你爱过人吗？

我没有全然爱过一个人。严格地说，我还不懂得爱。

26. 你有敌人吗？

我的敌人是我的自我。

陈律的短詩：写给前世的偈句手札，或来自前世的喃喃低語

夏可君

诗歌从来都是痴迷幻念的游戏，中国古典诗人尤为如此，他们只在汉字的绝对痴迷中呼吸，不是“情”，也非“爱”，而是“痴”——才是汉语诗人的至深情致，只有痴爱与痴迷，才可能进入即刻幻化之中，形成个体的节日，恍若前世。只有前世返回，汉语诗歌才有它存在的绝对价值，“前世诗”——是汉语至高且唯一的神秘。

精通前世的修辞术，修炼前世的驻颜术，这样的诗性技艺已经失传好久，但所幸在杭州诗人陈律这里，它再次优雅天真地回转，回望前世，需要修炼致命的专注与提炼阴盛的骨髓。

汉语诗歌的写作从来都关涉到汉字的面相学，一旦你体验汉字呼吸里的停顿，咀嚼语言的茎与根，在发苦的甜涩中，在蝴蝶涌出的时刻，一次心灵的地震就会发生。

这是汉语诗歌的痴狂，进入前世的幻象时刻，彻底顺服时间。进入祖先寂静的深处，在寂静中让语言显现。唤醒平静，也总是先前的平静，再次回响在当下语词的核心，构成其胚芽。

诗人如何修炼出一幅前世的目光来看待当下的世界？新的诗意只能在前世安然的目光下，陡峭又简约地发生，你才可能一字一字地倾听汉语的开花，朵，朵朵，朵朵朵，这“三世”开放的浩瀚：

那些——腺、芽，

凸、胀、繁裂，

泌吐卷曲的维，

朵、朵朵、朵朵朵……

细微，着，浩瀚。

——前世，在胚芽处就已经卷曲，在隐秘的维度上繁裂，“任一裸体都可由此走向一颗苍白的星。”全部的缘起已经在前世芬芳无比：“花香和纯真得近乎无辜的笑容，让我差点想起全部缘起。”

在此前世的幻象中，无论是玫瑰还是月季，都会被一只僵冷的白蝶唤醒，凝视乃是在花朵的圆形中获救，只有微苦是真实的，等待缓缓前来的灵魂，等待后世的阅读，汉语诗歌的尺度，来自于前世幻象被后世阅读者迷离目光捕获的度数。

前世诗，都是提前写就的墓志铭，乃是：哀悼的不朽性与妄想的虚妄性之艰难地结合。阅读陈律的这些短诗，宛若阅读遥远星空早就写就而从未收到的一扎书信，那具有甲骨文魔力的文字，宛若前世为你绘就的天真面相。

兔望明月成胎，蚌含明月成珠，前世由此成型，一个文明也在造型上早就塑造了它独有的回眸目光，这是“以心传心”的绝对技艺。

“洞庭波冷晓侵云，日日征帆送远人。几度木兰舟上望，不知元是此花身。”——李义山的玉骨之烟与花木之望，都是前世的今生回望，写诗：不过是一次次无可挽回的挽回祭，一次次早已惘然的补赎，一次次永远迟到的补偿！

修辞术成为驻颜术，驻颜术成为还魂术，这是语词与空白的还魂。

如果空白不返回，语词就僵硬，空白要在空白中呼吸：只有在空白中忘记白花，在白花中忘记空无，在空无中忘记空无，直到忘记美。

遗忘才是美还魂的条件，是痴迷之母，诗歌写作不过是专注于前世一段无法修补的错过，并且在今生今世的歌咏中遗忘它们。

陈律在《前世》中于是说：

“你的前世是一个书生。”
昨天，想起朋友说的，他陷入沉思……
不由想起《吸血鬼》——这首花了一年多写的诗。
写一个书生死后成了吸血鬼，
因为吸了心爱女人的血，坠入地狱。
因为灵魂和灵魂中的汉语，第一次艰难抵达古代，
他觉得这首诗很美，从心底里爱它，
让他想起去年写它的日子。
那些日子，他没工作，可以一两天写一个句子。

“但，这只是去年，不是我的前世。
只有罗汉才知道自己前世。
我，没有天眼，没有禅定，
观音的柳枝也很久没滴下甘露，清凉我昏沉的头，
意志薄弱者只能看见一缕薄雾……”

“我的前世，可能是一个书生，
西湖一枝残败的荷花，一条白蛇，
可能是一个妓女，一个被斩首的逃兵，
也可能，是一只秦观为它写词的暮色中的杜鹃，
一个西湖岸柳下看雨的僧人，

一位天神的新娘，

也有可能，是吸血鬼……”

他想了很久，如此专注，

像荒野蟾蜍凝看苔藓上朝露，

深海，一条忧伤地游向落日的鲸……

2004-11-29

前世书，来自于对一个个汉字细细地体会与咀嚼，在日常时光中，接受前世的幻象，但又必须摆脱此幻象，这必须把活着本身变作诗。在艰难地抵达古代中，倾听花朵由寂静养育的颤动，直到古典伟大的绝句再次回响，如波荡之上的琴谱，“似鬼魂来生经络”。

这要感谢西湖，杭州的西湖就是前世的记忆库，那也是张岱的前尘梦影录，转身之际，一束细花，一道堤岸，一弯冷月，一飘蝴蝶，瞬间就跃向事物的轮廓，那羞怯的轮廓，如同北宋花笺上的底色花纹，文字依然，花笺褪色，却更为古雅，时间的底色上gauge余留着永远无法抹去的残梦。

这就有了恍惚中《柳浪闻莺的幻觉》：

出了清波门，我来到南山路——

三岔口晦冥底部，

我愚钝的生命无数回经过的柳浪闻莺。

或者这也是一无所想中，进入《虚景》的无瑕节庆：

哦，物，秀着自己，每一个都与真似乎无异，
仿佛，无须从仙界舶来青色、无瑕的节庆。
追问中，如若它们真欲改变，
尤其当蜻蜓学会在飞行中一无所想，

汉字，汉字的白色，来自于前世的雪，前世的雪一直在下，只是落在陈律的诗中，落在夜莺的沉默中，才变得更白，更纯洁。

甚至，一首诗的成熟，也需要前世的优雅。只有经过前世忧愁洗礼的诗，经受毁灭之后，才获得岁月的馈赠：“有时诗就是往昔、未来绝望又欢乐的汗水。”

就是所爱的人，也不可能在当下直接接近，只有从前世之门折返，越是爱一个人就越是远离所有人，只有在某个金色的午后，爱者直接走进我的心，秉此炼丹之心，才可走进前世之门的玄关。

当然，此前世，不一定是中国的古典时代，或许可能是尼采式的永恒轮回，一旦热爱希腊的尼采也明白“实事求是”，从错觉与幻觉的交错中，从诗意的迷恋中，蓦然回首，也会回到先秦，或者是当代中国，成为某一个“你”。这是诗歌的修补术与雄辩术：“似轮回不甘于轮回。”

当下之人如何借助于诗歌的幻术，一下子回到前世？这是诗歌的神学写作，这是汉语诗歌隐秘的神学维度，当下又有几人闯入此维度，误入者，更是少之又少。还魂者并不害怕幻象的灵魂，只是痴迷于纯粹花朵圆形的繁殖，柔软而芬芳的膨胀中，“缓缓前来的灵魂，不会成为花下水渍。”

轮回中，你或许才可能辨认出自己的前世，一个卓越的诗人如何辨认自己的转世史？这是汉语诗歌唯一的神学启示。你到底是杜甫还

是李商隐呢？这转世的标记，这轮回的拣选，对于陈律，只是在于：你得写出永远年轻而肉感的诗，以及，一次优雅的厌倦。无法学习的浪漫，只在微凉的绝句里才如此唯美，只能接受玫瑰一次致命的拜访，或者接受一次次性感孤寂的乳晕之劫。

终于，前世之诗加速了年岁的褶皱，诗人接受了永无宁日的生活。“也许，永无宁日的生活是一束花，而我可以是一滴露珠，以圆的晶莹留在那里。”在纤细的花束中收拢光线，在收拢的黑暗中共度微温的日子。这要把简淡的句子变得像金属，彷佛南宋时的砚台。

这些诗句，如同偈句，或截句，苦苦的低吟中，获得永无宁日生活的一次馈赠。从而可以把生活变作花，把花转变为一滴露珠，但最终留下的只有“圆”，以及圆的“晶莹”，使之温情而羞怯。陈律的诗意语言无疑是异常抽象形式化的，这经过当代艺术抽象化的变形，由此塑造出回到前世的卓然目光，可以捕获前世消逝前最后的轮廓，古今的通灵术相通之处，只在原初造型上的节律，一如陈律其名。

无疑，前世最为钟爱之物乃是花朵，一朵现世的花如何触及她自身的前世？这需要花朵在迷梦中，进入纯粹的无名，丧失命运，努力抹去自己，只有想起和天空的友谊，才可能有着回转的时刻，专注是困难的，这是前世积蓄的祈祷，注意力其实来自于灵魂向着前世的喃喃祈祷，乃由前世修得，花朵因为过多聚集了祈祷之语与凝视之爱，才如此恍若前世。

分享前世，乃是凝视朝着你开放而永不寂灭的《玫瑰》：

玫瑰，何种玫瑰？
那累世经劫，无人知晓，
殿中凝视你的玫瑰。

生命树尽头，从不旋转，
永不寂灭的玫瑰。
必于你的末日，
慰藉你的玫瑰。
那钟——蓝色深处，
金字塔闪耀的美。

“诗是与现代人掌握的知识相悖的知识。我们遗忘的知识肯定比我们记得的多。唯明白这点，我们才可能转身。”

或者，“此种写诗的经济学原则来自这样一种认知——我们的生活在开始前其实就已经结束了。”

诗的写作开始于前世，一直有着怀疑的疑惑，不可消除，这是虚无的根源，回到前世，并不需要知识，只需要转身，时间突然加快了，放弃幻象中，却在粉蝶的柔软中，在孤独里迷失，这才是诗性天赋的标志。

前世要停留在何处？后世之人凭借什么可窥其片爪？那是此生即刻幻化的时刻，菩萨的微笑可能来自于一朵花，“虚无的身体幸福的变形”，且如此靠近死亡边缘，那个灵薄狱是“我忧郁记忆中的奇迹”，这需要我们有足够的力量安静下来，被安静所供养的目光，才可能洞观前世。

只有反复经验到无常的人，才可能痴迷于前世的一次邂逅，因为无常，生命因而涣散，因为极力想念而更加涣散——而这来自于遥远星星的关注，前世诗总是在凝视星星中获得永生的坚定。

关注前世总是困难的，诗人会谦虚地说自己具备了献身伟大诗歌需要的孤独，却还不够笨拙，“如同十九世纪火车头，笨拙、沉缓地驶向群山的专注。”当代的短诗或者短扎，前世书更为消耗诗人的心力：

注意力的瞬间投注，意象的程序化，前世的恍惚，欲念的颤动，异国的原型，等等，还必须简淡地综合，依靠忧郁记忆的书写版，宛若宋代册页间泛黄的题诗。

而镜子，总是前世偏爱的道具，因此，当一具年轻的骷髅在写诗时，因为出于爱的幻想，被现实压低了的头，没有看见镜子深处的诱惑与魔力，在平静中，明天会激发更为愤怒的海洋。因此，你得在阅读了陈律写给那些宋代伟大山水画的长诗后，再来阅读这些短札，你才会发现前世诗的奥义：浩瀚藏于轻颤，摇曳源于遗忘，色情生于寒意……

有此前世的目光，诗人可以在广告中看到地狱。“人类的命运永远只是少数几个人的命运。”来自于前世的追问，才可能让我们明白当下的处境：死，在死之前已经发生，谁在前世挽留了谁？这是谁指向谁的手指？这是哪一双阅读的目光，才可能与前世的目光对视？

前世书，在异质的语言中也有回响。

“一种真正的前世的证明是：我以前曾经见过你，这是史前的和生命终结时的奇迹。”——卡夫卡如是说。

“噢，你就是我前生前世的姐妹和妻子。”——波德莱尔如此的表白就是美所祈求的至高赞词。

如同本雅明所引用过的，而“引用”就是前世书的信使。在前世对来世的梦想中，我们才成为同时代人，共有一个梦想的节庆！

那赴前世之约者，有着怎样的决心与决绝？木石前缘中，无用之石与绛珠之泪，是弥补时间参差的技艺：此生的无用，只有泪水可以浇灌，前世的深处才会出现梦中之人。

那是苦味的“无意记忆”，只有中国文化有此苦味，如同胡兰成在《今生今世》中所保留的文化秘籍，也许张爱玲对他的着迷，就是因为胡兰成几乎是那个世代还唯一还精通“前世术”的文人？好一对妖孽的姻缘，幸好被朱天文的《花忆前身》所礼赞。只有苦味的清正，这西方所没有的生命感知，让错过者可以践履前世之约，那记忆的恩泽，是苦味中等待着的最后之甜。如同陈律写道的这首《城市临终的乐曲》：

雨中黄昏。
茂盛的街边梧桐如盛大乐团，演奏绿色——
自然永恒蕴含。
古老英雄主义复活在街道上空，
依稀想起前世欢乐。

决定性时刻。
当月亮——巨大升起，
一个红衣女人搀扶这座城市登上绞刑台。
噢，终点！终点的清新！
更盛大乐曲！

我这里如此这般的阅读，只是倾听前世的遥远之声，我并不知晓这是来自于谁的前世，我听得断断续续，请前世诗人们原谅我笨拙的批注，如此羞怯的眉批，也是前世的暗记，只供后世有心者解颐。

我只是希望诗人陈律读到这些句子，这些似曾相识的句子时，也有恍若前世之感，因为这些句子并非我所写，它们只是陈律精心打造的前世之镜的微弱反光，也许这些句子也非陈律所写，而是前世伟大诗人们惆怅目光的寻觅，所幸，他们看到了行走在西湖边上的陈律，前世书，只是一次邂逅与错过之间的踌躇手札，只是哀悼的不朽性和痴狂的虚妄性之隽永思比的结合。

论陈律

——为陈律诗集《还乡》而写

王炜

通读陈律写于近十六年中的这一百八十五首短诗，我发现——尽管我仍勉力而为——若从中遴选“代表性的”短诗以便例举论述，是不可能的。这部诗集显然已经过了作者的严密萃取，如果我要另行重组一个序列，意味着我的对手是时间——由作者本人编选的这一百八十五首短诗所呈现的整体性，是时间的结果。这种强烈的整体性，也产生于这一百八十五首短诗在一般而言、就抒情短诗来说需具备的质素方面，无一不是范例性的。

不难揣摩和分析陈律的短诗产生有效性的方法，例如切入点、形成概括性，以及那个作为“决定性瞬间”的关键词所出现的位置，构成一个客观上可称之为模型的结构。但一百八十五首短诗说明，诗人一方面接受模型在写作中的在场——这种接受，有一种中国古典艺匠与范式的关系的意味。另一方面，诗人与模型的相处，并不是惰性的。从这一百八十五首短诗中，体会陈律怎样在一种文体模型中探听、保持变奏的可能性，是辨认其诗艺的线索之一。这些短诗还帮助我们思考：一个诗人的积极性也许并不在于对模型的骤然摒弃，而是在时间中的接受，同时，也接受其成果的参差不齐。这是一种耐心的工作。我们不能因为那些同一模型中的较为次要之作而省心概观、忽略优秀之作。诗人也并未以“耐心”和“接受参差不齐”为由沦为自我重复，而是尽心尽力发现变奏的可能，且变奏并不仅以形式为抱负，而是与诗人陈律的现实人生互为映照和浸透。众所周知，康斯坦丁·卡瓦菲斯一生只写两种诗：自传诗和历史题材的诗，两种模型均有败作，因此卡瓦菲斯在晚年结集时选诗慎重，这种在后世读者眼中已然经典化了的单一性，从未因诗人在有效性方面的作为老手的经验而安然无虞，从而僵化。这样的写作，需要时间去剥离诗人自我欣赏的部分。过去，当我在与陈律的观念之争中试图激怒他时——我有时得逞——也许我高估了自己而低估了时间，低估了十六年的时间在这位诗人的劳作中形成的东西：那种由改弦易辙所不能呈现的崎岖。因此，理解陈律诗艺的一种视角也许是：模型并不使写作顺理成章，反而更把诗人推向一条崎岖之路。此外，我发现，当他在与我的争论中诸多显露的那些不以为然、对他所不适应的方向与知识的不求甚解、乃至纯属意气用事的抗拒，最终都在他那里转变成为一种自我凝视——他因不安的颤簌，从而越出了自我欣赏的舒适范围，继而向未知的自我凝视时，这种向未知之物的倾斜，使他正在成为一个我们可能要在伦勃朗式自画像的力度层次上去理解的诗人。一方面，诗人非常清楚自己写作中的模型作用——一如五言七绝的模型对古汉语诗人的作用——但并不焦虑于它，这种从容并非一开始就存在，而是时间磨练的结果。当诗人对模型的不会僵化、对它在时间中的演变逐渐怀有沉静的信心，就总会产生文风明练、言之有物而处理有度的诗。另一方面，抒情诗人往往有其即兴性处于软弱状态的现象，软弱表现为，毫无节制地陷入自传或对生平的自我神话的欲望之中，这一欲望使之逐渐乃至完全失去转化的才能。芸芸世间，当然会有许多不同的人，由于各自值得尊重的原因写下自传，他们认为自己有责任回顾一种过程，提供证据、标本和文献。但是，也许唯独诗人应慎写自传，因其必须在一种更直接的、赤裸裸的转化责任中劳作。

模型，犹如语言的生平，是否可以被当作一个诗人的底细呢？但是，还原论也许比志向不同的诗人之争更加巩固对诗人的偏见。再者，诗人的本分并非仅仅完成有效性——常常被管理在“文之悦”的范围以内——更是给出有效性所无法概括的东西，这涉及诗人对待意义的态度。陈律显然不是那种认为诗不应服役于意义的诗人，但是，他对现代汉语诗歌的一些已有的与意义的关系、已有的对意义的想象，怀有不满。陈律的写作并非在意义问题上推卸责任，而是始终显得焦虑于意义，有时甚至不惜——乃至粗暴地——把自己置于总称性质的二元对立关系中，我们可以在他的主题中找到许多这样的总称性质的二元对立：古典与进步，传统与现代，中国与西方，诗与哲学/科学，并且无所谓自己因为在判断上的焦躁急切，显得像一个古怪、倔强的复古主义者。我认为现代汉语诗中的一种限制——也是对意义的限制——是：诗总是对哲学的等待。或者，一些诗人的诗中总是维持着这种等待的动作。有时，我看到陈律和他急切否定哲学一样，急切顺从于哲学。但是，哲学如果要评论诗，必须在诗并不为哲学预留解释空间、并不等待哲学的解释时，哲学的评论才或有其意义。

回到模型。大体而言，陈律的写作暂可区分为两个部分：一是在文体磨练中从不失去其有效性的抒情短诗，一是他本人极为重视的“哲理长诗”。我想，并非两者中的哪一方，而是两者在时间中的矛盾张力，使他并无法自我安置于哪一方，因此两者各自都提供了一部分崎岖、并不轻松顺利的东西，两者合力塑造出了“另一个诗人”。近十年里，我在陈律那里慢慢辨认这个诗人的形象，有时暴躁膨胀，有时又明晰中肯，这是那个抒情诗人，与那个试图在断言性质的“一举而让什么都有了个交代”的“哲理长诗”中的诗人所共同贡献的东西：那个在到来中的“另一个诗人”。在短诗中——一如这一百八十五首短诗——

不仅屡现“适度和耐读”的范例，我们还应小心体会，当那个关键词——常常是诗的标题——现身而使一首诗得以成立的时刻，同时也是语言、思路的异常化使诗成为诗的时刻。所以，这些短诗也是奥克塔维奥·帕斯所言的平直（还应包括简明）与异常的结合的范例。我们还要体会，哪些是日记一般的谈吐随略、惯性而为的诗，哪些是基于模型但却在一瞬之中抵达了陌生化的诗。与其说两种诗都是成立的，不如说，这一百八十五首短诗需要被综合地理解。在这些短诗中，关键词的现身并非程式化的重复，而是词的眼睛短暂睁开，凝视陈律本人的同时也凝视这个词本身的可能性，随即又闭上，寻找着劳作中的休息。在这些瞬息之间的时刻，陈律往往表现得非常行文得体——我还想说，得体并非建立于有效性，而是建立在危险性之中。考察这些短诗，仅仅评估其在对卡瓦菲斯与杜甫的兼容性方面的表现，还是不够，因为两者之外还有一个最不稳定、最令人意外的因素：陈律自己。诗人本人，是给这一模型带来危险性的因素。矛盾性不仅袭扰读者，更袭扰着诗人本人，这使诗人的写作有时表现为暴烈的反对与自我反对：

小船泊岸，因为我已厌倦再往前探索。
但远方湖面发生了什么，让我不禁又转身？
一条美丽红龙从湖底来到蓝色天宇，
告诉我，它是我不可能理解的宇宙的伦理，
“人性中没有纯诗。”
（《人性中没有纯诗》）

在恐惧、愤怒中得宁静——
这是我。

我的恐惧、愤怒实际上空灵、无羁。
这种进程的节奏，与悲剧不同，
只有我，和我，
并无命运监督者（他）的神秘停顿。
这般过于急剧而无法平衡的开始与结束，
应该就是异乡人在旧大陆写的颤抖的纯诗。
（《纯诗》）

那么，陈律是一位纯诗诗人，还是一位反纯诗诗人呢？比答案更重要的是，陈律处在这种矛盾性之中的深度，可能比我所预想的更甚。这种矛盾性同时也困扰着在凶猛的现实世界中坚持写作的许多汉语诗人。

我并不轻视陈律的长诗写作，在过去交流中，我对此“沉默”的原因无非在于认为，长诗产生抒情短诗那样的有效性也许需要更多的时间。并且，我恰好认为，对一位同行的综合其理想与抱负的长诗沉默，是一种虚假的明智。我想，没有一个诗人能够省心地概论和评判他人的写作在长久的崎岖性之中，产生其写作的未来的那些东西。相反，我非常期待他在长诗方面的成果。我想，那是诗人陈律安排给自己的诸多命题在时间中的合题。不过——回到这一百八十五首短诗——令人注目的是，有时，暴躁的短诗预先出示了长诗所可能给予我们的东西，占领了长诗所踞的那个震惊性的位置。我个人很喜欢短诗中那些非常有趣的蛮干时刻：

“是的，我总是太急躁，总是无法忍耐，
至今仍有一个儿童的脊椎、大脑。
在这闷热、郁郁寡欢的夏夜，不想洗澡，

觉得宇宙和我都是拒绝进化的大猩猩，
有我挚爱的无产阶级的语言、暴力。
噢，既然自然中没有什么能使我安静，
写诗也根本无须教养，
那就醉醺醺地掷出星火的石块，来场战争吧！……”
（《夏夜》）

每天我都得写一点，
每天，我都陷入母鸡生蛋般的恍惚。
是的，我非卓越的匠人，
我只是在繁殖，拼命繁殖。
（《与特朗斯特吕姆相反》）

陈律在后一首诗中直接告诉我们，别想根据对“特朗斯特吕姆式”的了解来要求和评估他。“特朗斯特吕姆式”的短诗构作——一定程度上也经典化和符号化了——并不是陈律短诗的诗学根据，而恰好是他要与之搏斗的对象，并且他非常来劲于对“特朗斯特吕姆式”的魔法投去不耐烦的凯列班之一瞥。

这首诗还透露给我们，陈律短诗中的沉静佳美之作——和暴躁之作一样——并不基于普洛斯彼罗的变化多端，而是凯列班的工作。阿尔贝蒂曾写道：“我喜欢贫乏的诗句，/ 几乎声响都不大的那种。”当陈律率性而为时，他显得并不注重所写的是不是“一首诗”，但它最终属于诗——或者说，他有一个独特的理由，去写那些“最终属于诗”的诗作。一般来说，这一百八十五首短诗无一不内容具体，有清晰、具体的材料和主题，或者大部分倾向于相近的主题。它们共同构成一个诗艺整体：一种体积不大、光亮不强的诗。对于读者而言，理解这种诗，需要站立在一种朴素的基础之上：看到它不论在意义和创作上，都尝试节省诗这一体裁往往固有的语言派生性而导致的自我延续，节省修辞。这种节省，并不主要是道德上的，首先取决于在那一时刻里诗人具体的领会程度和语言能力。

关于“诗人的缓慢”，我们所知的原因也许都过于冠冕堂皇。诗人陈律在十六年中的缓慢形成，也许主要基于这一写作道德：仅仅希望自己真的把缺陷缩小到了目前他所能理解的最小程度。此外，还有等待——如果诗人打算去不断感知、去达到一首诗所能抵达的最终面貌，耗时可能是一周，可能是半年或更长的时间，而一首诗也往往会缩短、改变到只有原来一半或更少的篇幅。这是一个自我淘汰和自我认识的过程，最困难的，莫过于在此过程中始终保持对那首诗的最初感受，那种在被动机触动和予以清晰化之间的直接性，它不可丧失，如同原点和呼吸，它使诗人的写作不论如何调整，他与那首改变中的诗的关系都是透明的。

陈律诗中的自我关注，我愿意认为是一些诱惑，但并不是错误。失去任何一种——不论失去诱惑还是失去错误——对于诗人而言，也许都是严重的损失。另外，诱惑更多属于行文造句的可能性的范畴，并不包括对材料与内容的限制。在同时代诗人中，使我尤感兴趣的，是不同志向者各自表现的那种如上所述的透明性。也许，这也是理解诗人的政治性的一个角度。诗人与那首改变磨练中的诗的透明关系，将决定他对待集体语言的态度，以及他在集体中的存在方式。诗人与那首改变磨练中的诗的透明关系决定了诗人的命运，尤其当诗人置身于现实，这种关系也面临着空前的怀疑。

“我所知道的极为有限”，我猜想，这一蒙田式的理解是约束陈律写作的良性因素之一，诗人并不认为他已经具备了多少独有而自负的经验，可以蔑视诗的不同可能。另一方面，这一原则所带来的写作的诚实是，诗人的一项基本自我观察是认识到，究竟什么是一篇作品里不会被其他作品替代掉的因素。

有时，短诗的内容显得像一个微弱的获得，表示语言和生活都同时在把诗人推向那些变化世界中的“不变之物”：晨昏、情感、常识。诗人的一个基本主题设定是，在过去，诗人由于种种雄心而不愿谈论情感，现在则是生活本身在把诗人推向情感，而诗人艰难而又恰切地说出了这种被动性。但是，被动性也预示了诗人的一种反向思维：相比生活自身所具有的法则，全部的进步性，种种知识、风格和定义、种种范畴和区别，都显得自负和微不足道。被动性的另一种表现是，诗人认为自己无法介入他所珍视的情感生活。那种生活——有婚姻，有生动的心灵，有幸福——以它的平凡和绝对性，向诗人封闭，诗人认为他无法介入：

灯下，他看着两朵白兰花，
觉得相比自己，
它们更接近他想要的那种艺术——
像一对年轻恋人，永在夜色中沉睡。
（《沉睡》）

“像一对年轻恋人，永在夜色中沉睡”，这种比喻方式——“像……”——容易被认为是已被淘汰者。我们相信，我们已经处在一种前所未有的未来语汇中，这些语汇正在势不可挡地构成我们对所在空间和时间的认识。可是，诗人帮助我们看见，这种比喻方式并非完全失效，如果我们对它宽容一些，想到它在《圣经》和《伊利亚特》中所表现出的简朴功能。这种简朴原则，这种在“像……”的句法中孤注一掷的原始认识，使陈律在诗中的声音，无论独处还是与对象交谈都是率直的。当然，同时也是内在的。由此，关键词闪现的能力，不失为人类存在的基本素质。使我好奇的还是：当诗人声称他已预感到自己的失败，而他由此打算去认识失败时，所采取的举措。但一般来说，陈律的短诗总需要表现为坦率、无顾虑，同时又不急于表现出“全部意见”的健谈。从这些短诗中我们可以看到，除了美学，还有一种直接的语言教养。对于诗人来说，教养与社会无关，是存在的素养：

夜，雨来到他的心，
有一张坚毅的雄狮的脸。
他愿意被这友谊环抱，
直到天明，这位伟大的朋友离开。
（《雨》）

“抒情诗人”在我们的时代受到了空前的怀疑，且往往以有其价值的理由。我自己也是怀疑者中的一员。但我的怀疑并不在于否定抒情本身，而是我怀疑抒情其实尚未被抵达。同时，人们喜欢抱怨诗人不愿意“自然的说话”。可是，“自然的说话”即意味着无法完善地说话，即意味着去经历语言的损伤，并且被卷入“与语言的搏斗”之中。在此搏斗中，每个不同的诗人经历着他们各自的从“事物”转向“事情”、从“意见”转向“意象”的过程。毫无疑问，陈律也在这一既毁损我们也建设着我们的洪流中，也许，我与他最终都是但丁所说的“我没想到死亡毁了这么多的人”中的一个。我看到陈律始终使他那铭文般的短诗，兼具异常化与温暖，克制与破坏性，面具（或说掩饰）与诚实互为交织，其创造，并不像被指责的“抒情诗人”那样成为单调和一味的自我暴露。最低限度，即使在最为日记性质的短诗中，他也保持着对陌生化的不断触碰，尽管有时是简单、练习和休息性的——我曾目睹他在接完一个生意场中的漫长谈判电话之后，立即疲惫地转向一个简单的诗句的时刻。对于诗人，陌生化即给予，即诗的延展的体现。诗人探测并给出新的内容，可见、可认识，但是难以被裁决。把陌生化的构词置入洗练行文的方式，是陈律的诗艺磨练的结果，但首先是直觉的结果。诗的暴政在于，那些骤然到来的东西所绝对需要的长时间。直觉——而非学识——所示之物，更加把诗人掷入磨练，犹如在黑暗中形成视力。

陈律的古典志趣以杜甫、卡图卢斯、古希腊历史作家、卡瓦菲斯为主体。虽然他想让我相信，他越来越倾向于暴烈地放弃卡瓦菲斯，乃至大部分西方现代诗人。在我看来——我的看法也理应被批评——他的知识结构常常并不足以支持他的各种判断，他并没有在理解他所谈论的哲学家以及相关知识方面，付出过更多的学习，他在思想上有非常空疏陈旧的一面。可是，有时破罐子破摔的态度，会使他写出一两首烦躁、刺人的好诗。正因为诗神是叵测的，也许更是局限造就了一个诗人。不论如何，陈律总是以他那油盐不进的方式，保持了他与文明的坎坷相处，仅因此，我认为这是比声称看透了一切的反文化者，更为真实的与文明相处的方式。我们与我们自以为持有的知识之间，并没有恒定的关系。我想——我也是其中一员——我与陈律这一代汉语诗人与知识的不稳定关系，使我们中没有谁可以恒定地处在“文明之子”的自我意识之中。随着时间过去，诗人们可以分而治之，寻求不同的知识路径，建立不同的“客观对应物”——而“客观对应物”

并不顺理成章、乃至是不可能的——诗人们之间也往往互不理解，但是与知识的不稳定关系，是我们共有的崎岖之路和内在现场，是一种具有危机性质的天赋。并且，正是在具有危机感的处境中，诗人陈律的被动性意味深长：每当他想要自己索性主动一些，言行失度就会侵袭语言和思想。我猜，他比谁都清楚自己的被动性。他深深厌倦被动性，这使他常常剧烈摇摆于彼此对立的思想，他所怀有的那种关于“爱”的观念也无法使其平衡，或者说，那个朝向“爱”的动作也无法使其平衡。当他平静下来，只有再一次辨认和接受被动性，这是他的苦役。短诗中的完美之作，常常在苦役的临界点——如同卡西莫多所说的那种“一瞬间即黑暗”的劳作之后的时刻——涌现。读完《胜利》这样的诗，我们会感到已经不能再要求诗人更多：

从青年起，他一直追求胜利，
想作为一个诗人，奥古斯都那样举起手。
此时，天快亮了，
一直坐着的他站起来，走到窗前，
又一次，想要奥古斯都那样举起手，
却感到身体在老去。
窗外的雾涌进来，
轻轻说：“永远，我们追随你。”
（《胜利》）

在陈律的短诗中，“中国”是频频出现的关键词中醒目的一个：

这些天，读修昔底德的《伯罗奔尼撒战争史》。

因为这个尼采热爱的古希腊人的著作，
他明白了什么是“实事求是”，
由此，来到先秦和当代中国。
（《修昔底德》）

那么，我完成了吗?
不，我还没触到那个拱顶，
大约还有一只高举的手臂，
和它高举的火炬的距离。
因此，航船呵，
请让承载你的波涛更汹涌，
让我生命的基础，
来到命运所有不确定的中心。
作为一个质朴的诗人，
我不相信它是悲剧。
它不是还乡，而是出埃及。
那星空深处的中国，才是我的祖国。
（《出埃及》）

粗读之下，这些诗仿佛是诗人对自己要以新的语境面对中国身份的自我呼吁。但我更愿意认为，其流露的信息是陈律并不接受一个确定的中国。他所念兹在兹的，也许更多的是一个存在于交叉性中的中国，一个不完全是旧中国也不完全是新中国的中国空间。我们不仅不能说这样一个“中国”是不存在的，对于诗人，它的存在是必然的，而且只能被诗人所承担，一如其实并不存在荷尔德林的“德意志”、卡瓦菲斯的“希腊”和惠特曼的“美国”，但它的产生，于诗人是必然。二十世纪七十年代出生的汉语诗人与这一中国空间的关系，可以是另一篇文章的主题。这样说，并非是在认为，这些彼此迥异的诗人有某种一致性，事实上诗人们彼此有着剧烈的分歧，但我想，有一种共性会使他们愿意自己的独到之处被置于共同时空之中去被理解。曾经，诗人查海生是这种共性的象征——陈律是那些源于记住查海生的“祖国”的七十年代诗人中的一个——查海生的那座巍然绝对的金字塔，也辗转置放于陈律的诗中。只要这座金字塔出现，一定就是陈律的诗句最为激越、最斩钉截铁的时刻，同时，他也表现出自己已经给出了一个新的语境的自信。八十年代是否需要反思？这一问题对于陈律来说可能并不重要，因为他的方式中有一种能力，可以延续八十年代的某些语汇而又避免它的弊病。我们可以看到，陈律常常以自己的方式，延续着八十年代以来汉语诗中的形而上学话语，他的长诗抱负也部分与此有关。诗人毫不避讳甚至昂扬宣称他追求那种被过分统一的事物。他的自我、他的中国、他那总称性质的形上学抱负，构成他的三角形结构。这是一个并不新颖的结构，但很少有当代诗人——一个抒情诗人——还愿意在其中劳作，并努力更新它，再一次使之发出陌生化而又确切的声音。

诗人们的恼怒，也许莫过于被同行宣称：“我能理解你的写作，而你不理解我的。”当我集中重读——因为在过去十六年中都陆续读过——陈律的这一百八十五首短诗，我发现，我对陈律的“理解”并不如我想象得那么顺利。我的理解一部分也许是有效的，但一部分并不建立在我的经验，而是需要建立在我的想象力之中。也许，我也并没有那么理解自己的写作。或者，最终我们的自我理解的方式，其实都不是我们的写作所需要的理解。在这方面，陈律有时显得比我更焦灼于确定性，他会以可以被理解的粗暴和大大咧咧对我说：“老王你干脆一句话说，我到底写得怎么样，而你写的那些东西又到底是在干什么？”不过，我又发现他其实并不在意会得到我怎样的回答，我已经说过，他油盐不进，他和我，和每一个还将写下去的诗人一样，深知诗神的叵测，深知谁说什么其实都并不重要。

陈律自己则在自序中写道：“我总担心它们有一天会呈现出残酷的真相，从而突然终结我的写作——那时想要挽回已为时已晚。为此应该竭力避免噩梦成真。并且，虽然写诗多年，又年届五十，有时我仍认为我只能处理一些最为简单和基本的现代汉语和日常生活经验。”

然而，诗人的秘密是，相信命运会默默使自己——也会使他人——体会到一种具有“反成功性”的成功，并且一切都是自然的。这是诗人的有限性。正是在这种有限性之中，诗人既是凡人，也是人子。从而，我们也看到历史中的那些被尊敬的成就，从未违背这一有限性。尽管写作志向迥异，我认为，这种有限性始终是我与陈律交往、对话的一个朴素基础。当我反对他那种在成就、价值的确定性方面的欲望时，也许属于我的凶猛的确定性尚未到来，而我们都不断看到并且同意，这种确定性已经扭曲了许多人。

曾经在自己打理的诗歌网站中，陈律受到过一些高度评价，我不满他欣然接受赞辞中的有时不无令人尴尬的溢美之处。同样，他也曾在另一些傲慢的看法中被视为可笑、被判断其写作“没有未来”。但是，没有一个诗人是可笑的，支持诗人之间的皮里阳秋的那种文化，也许已经死亡了。或者说，诗人的可笑将显现于一个他们自己以及批评否定他们的人都不可控的时代。我们都要小心辨认，同行彼此的虚伪指控和确实抱有的异议的区别，辨认礼貌然而正直的异见，与沾沾自喜的批判性目光的区别。当我们看到曾经标准苛刻的诗人终有一天会为他原应当反对的人站台，更要对种种关于标准、身份和意义的设定，怀有警觉并重新理解。从八十年代末到现在，陈律没有在一种顺利的诗人生涯中生活。在这并不算很漫长的时间里，谁是在自封与分封的文学形象之下隐藏着软弱而力有不逮的人，谁又是在成为“另一个诗人”的人呢？在通读陈律的这一百八十五首短诗时，我感到，除了诚实用心地阅读它，以任何一种当代汉语诗的习见去俯瞰它，乃至因此拒绝动容，都是矫揉造作的。我相信，这一百八十五首短诗中将不乏篇章或诗句，能够超越作者和读者彼此的偏执。

2018年9月

注：王炜兄写这篇评时，读到的是这本诗集的前一百八十五首。他写完这篇评后，我增加了之后部分。

——陈律